KB133371

# The Boy

얼굴을 잃어버린 소년

청소년 소설 _06

# The Boy 얼굴을 잃어버린 소년

글 루이스 새커 | 옮김 김영선

펴낸날 2021년 5월 24일 초판1쇄 | 2022년 10월 5일 초판3쇄
펴낸이 김남호 | 펴낸곳 현북스
출판등록일 2010년 11월 11일 | 제313-2010-333호
주소 07207 서울시 영등포구 양평로 157, 투웨니퍼스트밸리 801호
전화 02) 3141-7277 | 팩스 02) 3141-7278
홈페이지 http://www.hyunbooks.co.kr | 인스타그램 hyunbooks
ISBN 979-11-5741-250-1 43840

편집 전은남 | 디자인 김영숙 | 교정 박사례 | 마케팅 송유근 함지숙

# The Boy

얼굴을 잃어버린 소년

루이스 새커 글 | 김영선 옮김

## 일러두기

이 책을 제대로 이해하기 위해서는 미국 학교의 몇 가지 특징을 아는 것이 도움이 된다. 첫째, 학생들은 한 교실에 가만히 있고 선생님이 해당 수업이 있는 교실로 찾아가서 수업을 하는 우리나라와 달리, 미국 학교에서는 학생들이 수업에 따라 과목 선생님들이 있는 교실로 가서 수업을 듣는다. 둘째, 아침에 등교하여 출석을 점검하고 수업이 시작되기 전에 모여 있는 교실을 '홈룸(home room)'이라고 한다. 셋째, 선생님이 격식을 차려 학생을 부를 때에는 남학생의 경우에는 성에 '군(Mr.)'을, 여학생의 경우에는 '양(Miss)'을 붙여 호칭으로 사용한다.

# 1

"진짜 못생겼다!"

로저가 속삭였다. 스콧과 랜디가 웃었다.

데이비드는 로저의 말이 재미있다고 생각하지 않았지만, 따라 웃었다. 베이필드 할머니는 못생기지는 않았다. 옷을 좀 특이하게 입는 외로운 할머니일 뿐이었다.

베이필드 할머니가 큰 소리로 말했다.

"거기 누구 있어요?"

데이비드의 얼굴에서 미소가 가셨다. 소년들은 마당으로 연결되는 녹슨 철제 대문 옆 수풀 뒤에서 몸을 웅크리고 있었다. 다들 쥐 죽은 듯이 조용히 있었다.

베이필드 할머니는 크지만 여기저기 허물어진 삼층집 앞에 놓인 흔들의자에 앉아 있었다. 하얀 꽃무늬가 있는 노란색 원피스와 빨간색 카디건을 입고 있었다. 길게 기른 회색 머리 위에는 헐렁한 빨간색 모자를 쓰고 있었다. 그리고 목이 높은 빨간색 운동화와 무릎까지 오는 보라색 양말을 신고 있었다. 할머니의 뱀 머리 지팡이는 무릎 위에 놓여 있었다.

소년들은 이 지팡이를 훔치러 왔다.

작대기에 몸을 휘감고 있는 뱀 모양으로 조각된 지팡이였다. 뱀은 머리가 두 개였으며, 두 머리는 서로 뒤를 맞대고 있었다. 그 머리 두 개가 지팡이의 손잡이 부분이었다. 각각의 뱀 머리에는 초록색 눈이 박혀 있었다. 머리 중 하나는 입을 쩍 벌리고 금색 혀를 쭉 내밀고 있었다.

스콧이 말했다.

"할머니 머리 좀 봐. 머리를 아예 안 감나 봐."

소년들은 웃었다. 데이비드도 포함해서.

로저가 말했다.

"목욕도 평생 안 했을걸! 저 할머니 냄새 맡아 본 적 있니?"

스콧이 코를 움켜쥐며 대꾸했다.

"여기까지 냄새가 나! 돼지 냄새하고 비슷해!"

로저와 랜디가 웃었다. 이번에도 데이비드는 함께 웃었지만, 웃겨서 웃은 것은 아니었다. 사실 데이비드는 베이필드 할머니의 냄새를 좋아했다. 중국차 같은 냄새가 난다고 생각했다.

한번은 데이비드가 우체국에서 할머니 뒤에 줄을 선 적이 있었다. 그리고 줄곧 무슨 냄새인지 헤아려 보려고 애썼는데, 결국 매우 향긋한 중국차 냄새 같다고 결론 내렸다. 데이비드가 처음으로 지팡이를 제대로 본 것도 바로 그때였다.

데이비드는 로저와 랜디에게 베이필드 할머니한테서 중국차 냄새가 난다고 말할 정도로 바보는 아니었다. 그렇게 말하면 스콧이 또 지질하다고 구박할 게 뻔했다.

로저가 말했다.

"좋아, 스콧, 내가 신호를 보내면 네가 지팡이를 낚아채. 버트필드(소년들은 베이필드라는 이름을 장난삼아 버트필드(Buttfield)나 버터필드(Butterfield)라고 부르기도 한다. butt는 '엉덩이', butter는 '버터'라는 뜻: 옮긴이) 할머니는 랜디하고 내가 맡을게."

데이비드가 말했다.

"나는 뭐 해?"

로저는 아무 대답도 하지 않았다. 여기에서 뭐 하고 있느냐는 듯이 데이비드를 바라볼 뿐이었다.

데이비드도 자기가 여기에서 무엇을 하고 있는지 몰랐다. 불쌍한 할머니의 지팡이를 훔치는 데 도움을 주고 싶은 마음은 전혀 없었다. 하지만 로저의 계획에 자신이 포함되지 않은 것에 실망했다.

랜디가 말했다.

"데이비드, 너는 그냥 준비하고 있어. 뭐든 할 일이 생기면 하면 돼."

데이비드는 고개를 끄덕였다. 적어도 랜디가 자기를 끼워 줄 마음이 있다는 사실에 기뻤다.

"하지만 조심해야 돼. 저 할머니는 마녀니까."

랜디는 그렇게 경고하고는 데이비드를 향해 미소 지었다.

데이비드는 도대체 왜 미소를 짓는 것인지 알 수 없었지만, 랜디를 향해 미소를 지어 주었다.

다시 랜디가 말했다.

"저 할머니는 남편의 얼굴을 훔쳤어."

데이비드는 낄낄 웃었지만, 다른 아이들이 아무도 웃지 않자 급히 웃음을 거두었다. 스콧이 데이비드를 째려보았다.

랜디가 말했다.

"남편이 잠들 때까지 기다렸다가 머리에서 그대로 얼굴을 벗겨 냈어. 그 얼굴은 지금 이 집 거실 벽에 걸려 있어. 할머니는 얼굴하고 대화도 해."

스콧이 말했다.

"섬뜩하네!"

"그럼 남편은 어떻게 됐어?"

데이비드가 묻자, 랜디가 대답했다.

"지금은 죽었어. 하지만 그 전에 오랫동안 그냥 얼굴 없이 지냈어. 사람들 눈에 안 띄게 다락방에서 살았지."

데이비드는 지붕 바로 아래에 있는 창문을 올려다보며 감탄사를 내뱉었다.

"우아."

데이비드는 랜디나 다른 아이들이 정말로 그런 헛소리를 믿는지 궁금했다. 하지만 스콧은 믿지 않으리라는 것을 알았다. 스콧은 믿을 리가 없었다.

스콧과 데이비드는 2학년 때부터 단짝 친구였다. 그런데 올해 스콧이 로저와 랜디하고 친해졌다.

스콧과 데이비드는 이런 대화를 나눈 적이 있었다.

"너는 나한테 방해만 돼. 너도 로저하고 랜디와 같이 놀고 싶으면 좀 더 멋있는 사람이 돼야 해."

"난 멋져."

"음, 아주 시원하게 멋져지도록 좀 더 노력해 봐. 알겠지?"

"난 얼음이야."

"뭐?"

"아무것도 아니야."

"거봐. 내가 바로 이런 걸 말하는 거야. 로저하고 랜디가 있는 데서 그런 말 하면 너를 얼간이라고 생각할 거야. 그리고 네 친구인 나도 얼간이라고 생각할 거고."

지금 데이비드는 스콧을 보면서 조금 화가 치미는 것을 느꼈다. 여기에 같이 오자고 꼬드긴 아이도 바로 스콧이었다. 그래야 멋지다는 걸 증명할 수 있다나. 하지만 스콧은 로저와 랜디를 보자마자 데이비드를 꾸어다 놓은 보릿자루 취급을 했다. 데이비드는 형을 졸졸 따라다니는 동생 꼴이 된 것 같았다.

로저가 일어나 철제 대문을 밀어 열었다.

베이필드 할머니가 외쳤다.

"누구세요?"

스콧이 로저를 따라 대문 안으로 들어가면서 대꾸했다.

"안녕하세요?"

데이비드는 맨 마지막으로 대문을 통과했다. 대문을 닫으려는 순간, 랜디가 뒤돌아 속삭였다.

"그냥 열어 놔."

마당은 현관 앞에 있는 작고 네모난 꽃밭을 빼고는 잡초가 무성했다.

마당 가운데에 놓인 흔들의자에 앉은 채로 베이필드 할머니가 말했다.

"안녕, 얘들아."

할머니 옆에는 작은 탁자가 하나 있었고, 그 위에는 커다란 잔과 주전자가 놓여 있었다.

로저가 말했다.

"안녕하세요? 오늘 하루 어떻게 지내고 계세요?"

"아주 잘 지내고 있단다. 고맙구나."

로저가 다시 말했다.

"다행이네요. 제 이름은 프랭크예요. 그리고 여기는 조지하고 조예요."

로저는 랜디와 스콧을 가리켰다.

"그리고 저쪽은 데이비드예요."

로저는 데이비드를 가리켰다.

데이비드의 얼굴이 빨개졌다.

"만나서 반갑구나. 내 이름은 펠리시아 베이필드야."

데이비드는 베이필드 할머니가 자기의 진짜 이름을 아는 것은 별로 걱정되지 않았다. 성만 모르면 되었다. 하지만 로저가 일부러 진짜 이름을 말했다는 사실이 싫었다.

베이필드 할머니가 말했다.

"레모네이드 좀 마시고 갈래?"

로저가 대답했다.

"우아, 감사합니다, 펠리시아 할머니. 저희는 레모네이드 진짜 좋아해요. 그렇지?"

랜디가 말했다.

"정말로 좋아해요."

데이비드가 어깨를 으쓱하고는(영미 문화권에서 무엇을 잘 모르거나 구체적으로 말하기 어려운 상황에서 흔히 쓰는 몸짓: 옮긴이) 우물우물 말했다.

"좋지요."

데이비드는 내심 다른 아이들이 마음을 바꿔 그냥 레모네이드만 마시고 떠나기를 바랐다.

스콧이 말했다.

"더운 날에는 시원한 레모네이드 한 잔만큼 좋은 게 없지요."

날은 딱히 덥지 않았다. 소년들은 모두 점퍼를 입고 있었다.

펠리시아 베이필드 할머니가 말했다.

"저기 현관에 컵이 몇 개 있는데, 좀 갖다주겠니?"

로저와 랜디가 베이필드 할머니 바로 뒤에 있는 현관으로 향했다. 꽃을 짓밟으며 할머니의 작은 꽃밭을 쿵쿵 걸어가는 그들을 데이비드는 가만히 지켜보았다. 그리고 해를 입힐 의도가 없다는 것을 보여 주기 위해 베이필드 할머니를 향해 미소를 지었다.

할머니가 말했다.

"레모네이드가 너희한테 너무 시지 않으면 좋겠구나. 집에서 직접 만든 건데."

데이비드가 여전히 미소를 지으며 대꾸했다.

"저는 신 레모네이드가 좋아요."

로저가 아이스박스 위에 놓인 비닐봉지에서 스티로폼 컵 몇 개를 꺼내면서 랜디에게 뭔가를 속닥이는 모습이 데이비드의 눈에 보였다.

로저가 컵 네 개를 가져와 작은 탁자 위에 올려놓았다.

"제가 따를게요."

로저는 레모네이드가 든 유리 주전자를 들었다.

랜디는 여전히 펠리시아 베이필드 할머니 뒤에 서 있었다.

할머니가 말했다.

"양이 충분해야 할 텐데."

할머니의 눈은 초록색이었고, 무릎에 놓여 있는 뱀 머리 지팡이에 박혀 있는 눈처럼 반짝였다.

랜디가 흔들의자의 등받이를 두 손으로 움켜잡았다.

스콧이 말했다.

"아, 양은 충분하네요."

로저가 외쳤다.

"지금이야!"

랜디가 흔들의자를 뒤로 홱 잡아당기는 것과 동시에 스콧이 지팡이를 낚아챘다.

베이필드 할머니는 의자에 앉은 채 뒤로 벌러덩 넘어지면서 비명을 빽 질렀다. 로저가 유리 주전자에 든 레모네이드를 할머니의 얼굴에 붓자, 할머니의 비명은 퉤퉤 하는 소리로 바뀌었다.

할머니의 두 다리가 공중에 쭉 뻗은 자세로 데이비드를 똑바로 향하고 있었다. 데이비드는 난생처음 보는 신기한 속옷을 빤히 보게 되었다. 빨간색 주름 장식이 있는 검은색과 흰색 줄무늬 속옷이었다. 속옷은 할머니의 허리 위에서 시작해 거의 무릎까지 이어졌다.

로저가 빈 유리 주전자를 현관 쪽으로 던졌다. 주전자는 쨍그랑 소리를 내며 유리창을 뚫고 날아갔다.

랜디가 대문 앞에서 소리쳤다.

"빨리빨리, 데이비드! 할머니가 우리에게 저주를 내리기 전에!"

베이필드 할머니가 몸을 뒤로 움직여 의자에서 빠져나왔다.

그리고 팔꿈치로 바닥을 짚어 몸을 일으키고는 자기를 바라보고 있는 데이비드를 쳐다보았다.

데이비드는 할머니를 돕거나 최소한 미안하다고 말하고 싶었다. 하지만 그렇게 하지 않았다.

그 대신에 할머니를 향해 가운뎃손가락을 올렸다.

데이비드를 바라보고 있는 초록색 눈이 번뜩였다. 분노에 차 가르렁거리는 목소리로 할머니가 외쳤다.

"너의 도플갱어가 네 영혼에 역류할 거야!"

데이비드는 그 말이 무슨 뜻인지 몰랐지만, 특별히 걱정하지는 않았다. 마녀니 저주니 하는 것들을 믿지 않았기 때문이다. 도플갱어라는 말은 아예 들어 본 적도 없었다.

데이비드는 언젠가 자신의 얼굴이 할머니의 거실 벽에 걸리리라는 것을 알지 못했다.

데이비드는 대문을 향해 뛰었다. 대문은 어느새 닫혀 있었다.

## 2

로저가 뱀 머리 지팡이를 짚고 절뚝거리며 말했다.

"레모네이드 좀 마시고 갈래?"

늙고 괴팍한 목소리였지만, 베이필드 할머니의 목소리와는
하나도 비슷하지 않았다.

스콧과 랜디가 웃었다.

뒤에서 데이비드가 후다닥 뛰어왔다.

"휴, 우리가 해냈어!"

랜디가 말했다.

"잘했어!"

랜디는 데이비드에게 하이파이브를 하자는 듯이 손을 높이
들었다.

데이비드는 손을 마주치려고 했지만 거의 빗나갈 뻔했다. 겨우 손가락 두 개만 랜디의 손을 때렸다. 데이비드는 어렸을 때부터 하이파이브를 잘하지 못했다.

로저가 칭얼거리는 투로 말했다.

"저기 현관에 컵이 몇 개 있는데, 좀 갖다주겠니? 내가 직접 가져오고 싶지만, 너무 못생겨서 말이야!"

랜디와 스콧이 웃었다.

데이비드는 미소를 지었다.

"음, 이제 그만 가 봐야 해."

데이비드는 어정쩡하게 어깨를 으쓱하고 어정쩡하게 손을 흔들면서 말했다.

"숙제 때문에."

그러자 랜디와 스콧이 차례로 말했다.

"나중에 보자."

"그래, 또 보자, 밸린저."

지난 일주일 동안 스콧은 데이비드를 성으로만 불렀다.

데이비드가 대꾸했다.

"그래, 심슨."

데이비드는 집으로 걸어가면서 비참한 기분을 느꼈다. 그리고 걱정스럽기도 했다. 할머니가 경찰을 불렀으면 어떡하지?

하지만 최소한 데이비드는 할머니의 흔들의자를 뒤로 잡아 당긴 사람은 아니었다. 그리고 할머니의 얼굴에 레모네이드를 붓지도 않았다. 할머니의 꽃을 밟거나 창문을 깨지도 않았다. 지팡이를 훔치지도 않았다.

그저 한 일이라고는 할머니를 향해 손가락 욕을 한 것뿐이었 다.

따지고 보면, 사실 그게 뭐 그리 잘못된 것인가? 가운뎃손가 락으로 할머니를 가리켰을 뿐이었다. 가운뎃손가락이 다른 손 가락들보다 그렇게 나쁠 이유가 있을까? 만약 새끼손가락을 올렸다면 어떤가? 나쁜 행동이 아니었을 것이다. 그렇지 않은 가?

데이비드가 기억하는 한, 자신이 누군가에게 가운뎃손가락 을 올린 적은 없었다. 적어도 실제로 그렇게 한 적은 없었다. 데 이비드는 3학년 때 처음 그 동작을 배운 것을 기억했다. 스콧 과 함께 서로에게 가운뎃손가락을 올리는 것을 연습했다. 그 동작을 빠르게 할 수 있기까지는 꽤 많은 연습이 필요했다. 둘 은 하루 종일 수업 시간에 서로에게 가운뎃손가락을 올렸지 만, 그것은 그저 장난이었다. 술래잡기와 비슷했다. 그들은 코 나 목덜미를 긁는 척하면서 서로를 향해 손가락을 곧추세우곤 했다.

스콧이 로저하고 랜디와 친구가 된 것이 문제였다. 사실 랜디는 그리 나쁘지 않았다. 아마 랜디는 로저가 없었다면 좋은 아이가 되었을지도 모른다고 데이비드는 생각했다.

그러나 데이비드는 베이필드 할머니에게 가운뎃손가락을 올린 이유가 로저에게 잘 보이기 위해서라는 것을 알고 있었다. 로저가 어떻게 생각하는지 내가 왜 신경을 써야 하지? 데이비드는 스스로에게 물었다. 하지만 그는 정말로 신경을 쓰고 있었고, 그런 사실을 잘 알고 있었다.

데이비드가 집에 도착하자 남동생이 맞이했다.

"어서 와, 형!"

데이비드는 우물우물 말했다.

"안녕, 리키."

리키가 물었다.

"형, 게임이나 뭐 그런 것 하고 싶어?"

"숙제가 있어. 게티즈버그 연설을 외워야 해."

"그냥 공 던지기만 좀 하면 되는데."

데이비드는 미소를 지으며 말했다.

"그래, 좋아."

리키의 얼굴이 환해졌다.

데이비드와 리키는 뒷마당에서 야구공을 주거니 받거니 던졌다. 데이비드는 아까 저지른 나쁜 일을 벌충하기 위해 좋은 일을 하고 있는 것 같은 기분이었다. 그는 리키가 자기를 얼마나 우러러보는지 잘 알고 있었다.

리키는 5학년이었다. 데이비드가 하는 것이라면 무엇이든 하고 싶어 했다. 텔레비전에서 무엇을 볼지를 놓고 다투는 일은 한 번도 없었다. 리키는 항상 데이비드가 보고 싶어 하는 것을 보고 싶어 했다. 데이비드가 라디오에 나오는 노래가 좋다고 말하면, 리키는 나가서 그 음반을 사 와서 자기가 좋아하는 가수라고 했다. 데이비드가 리키에게 농담을 하나 알려 주면, 리키는 그 농담이 별로 웃기지 않아도 다음 날 친구들에게 몇 번이나 그 농담을 들려주곤 했다.

데이비드는 공을 잡아 다시 동생에게 던졌다. 리키는 데이비드의 낡은 야구 글러브를 쓰고 있었다. 데이비드가 지난 시즌이 끝났을 때 준 글러브였다. 그때 리키는 도저히 믿지 못하겠다는 듯이 이렇게 말했다.

"우아, 형이 그 유명한 캐치를 했을 때 쓴 바로 그 글러브잖아."

데이비드는 동생이 무슨 말을 하는지 몰랐다.

"있잖아. 형이 그 강타구를 잡고 2루를 밟아서 더블 플레이를 했잖아."

데이비드는 2루수였다. 그런대로 잘했지만, 리키의 말만 들으면 슈퍼스타인 것 같았다.

리키가 말했다.

"스콧 형 대신에 형을 유격수로 넣었어야 하는 건데."

스콧은 늘 뭐든지 데이비드보다 조금 더 잘하는 것 같았다. 심지어 학교 성적도 더 좋았다. 데이비드는 이해할 수가 없었다. 어떻게 스콧처럼 똑똑한 아이가 로저와 랜디 같은 멍청이들하고 그렇게 사이좋게 지낼 수 있을까?

데이비드는 다시 동생에게 공을 던졌다. 그러면서 만약 자신의 삶이 실제로 어떤 모습인지 리키가 알게 되면 무슨 생각을 할지 궁금해했다. 만약 자기를 특별히 좋아하지도 않는 아이들과 어울려 다닌다는 사실을 알게 되면? 만약 오늘 무방비 상태인 할머니의 지팡이를 훔치는 일을 도와주었다는 사실을 알게 되면?

할머니가 아직도 바닥에 무기력하게 누워 있으면 어떡하지? 혹시 지팡이 없이는 아예 걸을 수 없다면?

데이비드는 몸을 질질 끌면서 잡초가 무성한 마당을 지나 현관으로 가는 나무 계단을 올라 집 안으로 들어가는 할머니의 모습을 상상했다. 더구나 로저가 유리창을 깨 버렸으니, 기어서 지나가야 할 바닥에 깨진 유리 조각들이 널브러져 있었을 것이다. 아마 유리 주전자도 깨졌을 것이다. 지금 이 순간 할머니가 피를 흘리며 죽어 가고 있을지도 모르는 일이었다.

데이비드는 동생에게 다시 공을 던지면서 그런 생각을 떨쳐 버리려고 애썼다.

하지만 어쩌면 할머니한테 가족이나 친구가 없을지도 모른다는 생각이 들었다. 그래서 아이들을 보고 그렇게 좋아했으리라. 집을 찾아온 사람이 있다는 사실이 기뻐서.

반대로 만약 가족이 있으면 어떡하지? 할머니가 어떤 일이 있었는지 가족들에게 말할까? 아니면 너무나 창피해서 그냥 몸을 깨끗이 씻고 아무에게도 아무 말도 하지 않을까? 어쩌면 아무 일이 없었던 척할지도 모른다.

어쩌면 할머니의 아들이 이렇게 물을지도 모른다.

"창문이 왜 깨졌지요?"

"오, 내가 덤벙대는 노인이라 그런 것 너도 알잖아."

할머니는 일어난 일을 밝히고 싶지 않아 그렇게 말할 수도 있을 것이다.

데이비드는 거의 울고 싶었다.

만약에 어떤 아이들이 우리 할머니에게 그런 짓을 했다면? 또는 우리 엄마가 늙었을 때 우리 엄마한테 그랬다면? 또는 엘리자베스에게 그랬다면?

엘리자베스는 이제 막 돌이 지난 막내 여동생이다.

베이필드 할머니도 언젠가는 한 살짜리 아기였을 것이다. 할머니도 한때는 모두가 사랑하는 귀여운 여자 아기였다. 그때 그 아이가 나중에 불구인 외로운 할머니가 되고, 어떤 아이들이 와서 의자를 넘어뜨리고, 머리에 레모네이드를 붓고, 지팡이를 훔쳐 갈 것이라고 누가 상상이나 했겠는가?

그리고 할머니가 굴욕감을 느끼며 걷지도 못하고 세상에 친구 하나 없이 땅바닥에 무력하게 누워 있을 때, 어떤 멍청한 아이가 가운뎃손가락을 올렸다.

데이비드는 자기도 모르는 사이 동생에게 공을 세게, 너무 세게 던졌다.

리키는 공을 받고는 활짝 웃었다.

"잘 던진다!"

데이비드는 할머니의 집으로 다시 갈지 말지 고민하며 한숨을 쉬었다. 할머니가 괜찮은지 확인하고 싶었다. 잘하면 할머니의 친구가 될 수 있을지도 모른다는 생각까지 했다. 적어도 미안하다는 말은 하고 싶었다.

데이비드는 돌아가고 싶었지만, 결국 그렇게 하지 않았다.

로저나 랜디가 알게 되면 어떡하지? 학교의 놀림거리가 될 것이 빤했다. 게다가 경찰이 그곳에서 기다리고 있을지도 몰랐

다. '범인은 항상 사건 현장에 다시 나타난다.'

리키가 공을 힘껏 던졌다. 데이비드가 점프를 해서 백핸드로 잡아야 했다.

"잘 잡았어!"

리키가 말했다.

데이비드가 다시 리키에게 공을 던지려는 순간, 동생 대신 빨간색 주름 장식이 있는 검은색과 흰색 줄무늬 속옷을 입은 두 다리를 공중으로 치켜든 채로 흔들의자에 벌러덩 넘어져 있는 베이필드 할머니의 모습이 보였다.

공은 동생의 머리를 훌쩍 넘어 왼쪽으로 날아갔다.

그리고 데이비드의 부모 방의 창문을 박살 냈다.

# 3

엘리자베스가 말했다.

"공."

사실 '고으'에 가깝게 들렸지만, 엄마는 무슨 뜻인지 알아들었다. 그리고 이 덕분에 데이비드와 리키는 유리창을 깨뜨리고도 혼나지 않게 되었다.

엘리자베스와 엄마는 침대 발치 방바닥에 앉아 엘리자베스가 무척 좋아하는 책을 읽고 있었다.

"오리 씨와 거위 씨가 기차를 타려고 빨간색 기차 승무원실로 갔어요."

엘리자베스가 손가락으로 승무원실 그림을 짚으며 말했다.

"스무언!"

그 순간 공이 창문을 깨고 날아들어 침대 위에서 통통거리다 바닥으로 떨어졌다. 그러고는 다시 한번 튀어 엘리자베스의 무릎 위로 떨어졌다.

엘리자베스는 야구공이 유리창을 깨고 들어와 무릎에 떨어지는 것이 아주 일상적인 일이라는 듯이 말했다.

"고으."

그러고는 공을 들어 엄마에게 보여 주었다.

이 모든 일이 너무나 빨리 일어나서 엄마가 무슨 일이 일어났는지 깨달았을 때쯤에는 위험한 상황이 모두 지나가고 아무도 다치지 않았다는 것이 확실해졌다. 엄마는 웃기만 했다.

데이비드가 방 안으로 뛰어 들어오면서 말했다.

"제 잘못이에요."

리키가 데이비드에 바로 옆에서 말했다.

"제가 잡았어야 하는데 놓쳤어요."

데이비드가 말했다.

"잡을 수 없는 공이었어."

리키가 말했다.

"잡을 수 있었거든."

엄마와 엘리자베스는 서로를 보며 싱글벙글 웃고 있었다.

데이비드가 거듭 말했다.

"제 잘못이에요. 혼나야 할 사람은 저예요."

엄마가 말했다.

"아무도 혼나지 않을 거야. 내가 엘리자베스를 안고 있을 테니 치우기나 하렴."

데이비드가 말했다.

"하지만 엘리자베스가 다칠 수도 있었잖아요."

엄마는 데이비드의 눈을 똑바로 보며 대꾸했다.

"그래, 엄마도 알아."

깨진 유리는 침대 위에만 있었다. 데이비드와 리키는 침대보의 양쪽 끝을 잡아 들었다.

엄마는 다시 엘리자베스에게 책을 읽어 주었다.

"오리 씨와 거위 씨가 트럭을 타려고 녹색 덤프트럭으로 갔어요."

엘리자베스가 말했다.

"덤트그!"

데이비드가 말했다.

"가자, 오리 씨."

리키가 말했다.

"그래, 거위 씨."

데이비드는 이런 상황이 옳지 않은 것 같았다.

이런 생각이 들었기 때문이다.

'당연히 혼났어야 하는 일이야. 내 잘못이었어. 내가 유리창을 깼어. 그리고 엘리자베스가 다칠 수도 있었어. 공이 머리에 맞았거나 눈에 유리 조각이 들어갔으면 어쩔 뻔했어? 게다가 리키가 뭘 배우겠어? 걔는 책임감을 배워야 해. 잘못을 저지르면, 일부러 그런 게 아니더라도 그 결과에 책임을 져야 해. 나는 당연히 벌을 받아야 했어.'

# 4

2학년 때부터 데이비드는 매일 아침 학교 가는 길에 스콧네 집에 들렀다.

스콧의 어머니가 한 손에는 커피를 들고 반쯤 먹은 크루아상을 입에 문 채로 문을 열었다. 그러고는 놀란 기색을 보이며 데이비드를 바라보았다.

그리고 크루아상을 입에서 꺼내고는 말했다.

"스콧은 벌써 갔어, 데이비. 너도 같이 간 줄 알았는데."

데이비드는 어깨를 으쓱하고는 말했다.

"특별한 일이 있어서 온 건 아니에요."

데이비드는 뭔가를 문득 생각해 냈다는 듯이 이렇게 덧붙였다.

"아, 맞다! 스콧이 오늘 아침에 꼭 해야 할 일이 있다고 했는데 제가 깜빡 잊었네요."

스콧의 어머니는 커피 잔을 입술에 대고 있었고, 데이비드는 스콧이 오늘 아침에 해야 할 일이 무엇이냐는 질문을 받기 전에 서둘러 자리를 떴다. 데이비드는 스콧이 자기를 기다리지 않았다는 사실이 왠지 창피했다.

스콧의 어머니가 뒤에서 외쳤다.

"잘 가렴, 데이비!"

데이비드와 스콧은 5학년 때까지 데이비와 스코티로 불렸고, 그 이후에는 데이브와 스콧으로 불렸다. 하지만 스콧의 어머니는 여전히 그를 데이비라고 불렀다. 데이비드는 스콧의 어머니를 샐리라고 불렀다.

데이비드가 3학년이었을 때, 하루는 데이비드와 스콧의 어머니가 지프차에 개가 치이는 것을 보고는 둘이 함께 30분 동안 부둥켜안고 운 일도 있었다.

데이비드는 지금 걸어가면서 생각해 보니, 스콧의 엄마는 샐리라는 이름으로 부르면서 정작 친구인 스콧은 심슨이라는 성으로 불렀던 것이 조금 웃기게 느껴졌다.

학교에 도착한 데이비드는 스콧과 랜디가 남자 화장실 문 양옆에 서 있는 것을 보았다. 데이비드는 자신이 그들의 친구인

지 확신할 수는 없었지만, 자기 사물함이 그쪽 방향인 데다 굳
이 피할 이유가 없다고 생각해 그들을 향해 걸어갔다. 게다가
어제 지팡이 훔치는 일을 도와주지 않았던가. 그 일로 그들과
친구라는 것이 증명되었다.

데이비드가 말했다.

"안녕."

랜디가 말했다.

"안녕, 데이브, 잘 지내니?"

스콧이 중얼거리듯이 말했다.

"밸린저."

데이비드가 말했다.

"심슨."

랜디가 물었다.

"그나저나 어제 네가 그걸 한 다음에 할머니가 너한테 뭐라
고 한 거야?"

데이비드가 물었다.

"그거?"

랜디가 말했다.

"알잖아."

랜디는 웃으면서 데이비드에게 가운뎃손가락을 올려 보였

다.

"모르겠어. 그냥 횡설수설했어. 코로 레모네이드를 뿜고 있어서 제대로 말도 못 하던데."

데이비드는 웃었다.

하지만 스콧과 랜디는 웃지 않았다.

랜디가 말했다.

"글쎄, 나도 잘 모르겠지만, 너한테 저주를 내리는 것 같던데."

데이비드가 웃으며 말했다.

"그래, 그랬다고 치지, 뭐."

그때 긴 머리가 헝클어지고 파란색 선글라스를 쓴 남자아이가 화장실 문으로 다가왔다.

스콧과 랜디는 곧바로 그의 길을 가로막았다.

스콧이 말했다.

"화장실 출입 금지야."

남자아이는 잠시 가만히 서 있었다. 데이비드는 그를 스페인어 수업에서 본 기억이 있었다. 이름은 래리 클라크스데일이고, 이 학교를 다닌 지 몇 주밖에 안 된 아이였다.

래리는 이 모든 것이 장난이라는 듯이 빙그레 웃으며 말했다.

"왜 그래? 지나가게 해 줘."

스콧과 랜디는 꼼짝도 하지 않았다.

랜디가 물었다.

"여기 붙여 놓은 쪽지 안 보여?"

화장실 문에는 어떤 쪽지도 붙어 있지 않았다.

스콧이 말했다.

"'수리 중, 사용 불가'라고 쓰여 있잖아."

래리는 데이비드를 바라보았다. 아니 적어도 데이비드는 자기를 보고 있다고 생각했다. 파란색 선글라스를 쓰고 있어서 어디를 보는지 알기가 어려웠다.

데이비드는 어깨를 으쓱했다.

래리도 어깨를 으쓱하고는 뒤돌아 걸어갔다. 처음에는 천천히 걷다가 곧 아주 빠르게 걸었다.

스콧이 그의 등에 대고 외쳤다.

"가서 여자 화장실이나 써, 이 변태야!"

잠시 뒤 로저가 화장실에서 걸어 나왔다. 그는 데이비드를 보고는 웃었다.

데이비드는 로저가 좋아서 웃는 것인지 아니면 비웃고 있는 것인지 분간할 수 없었다.

랜디가 물었다.

"그래 데이비드, 너도 담배 피우고 싶니? 우리가 망봐 줄게."

아주 짧은 순간 데이비드는 진짜로 고민했다.

"아니, 괜찮아. 봐서 나중에."

데이비드는 스콧의 못마땅해하는 얼굴 표정을 보았다.

로저가 물었다.

"어제 버터필드 할머니가 너한테 뭐라고 소리쳤냐? 이 폭풍 여드름아."

데이비드가 어깨를 으쓱하며 말했다.

"나도 몰라."

데이비드는 거친 인상을 주려고 이 말을 덧붙였다.

"내가 손가락 욕을 한 방 먹였지, 뭐."

로저는 조롱하는 투로 대꾸했다.

"대단하십니다요. 그 할머니는 아마 무슨 뜻인지도 몰랐을 걸!"

랜디와 스콧이 웃었다.

데이비드도 딱히 어떻게 반응할지 몰라 그냥 따라 웃었다.

데이비드의 담임 선생님은 사회와 영어를 합친 것 같은 과목을 가르쳤다. 데이비드는 그 수업을 위해 마지막으로 한 번 게티즈버그 연설을 훑어보면서 다른 모든 것을 마음속에서 지우려고 애썼다. 리키가 연설문 외우는 것을 도와주었다. 리키는 데이비드가 그 어려운 단어들을 모두 외운다는 사실에 무척 감탄했다. 하지만 어려운 단어는 차라리 쉬웠다. 오히려 '에게, 위하여, 하나의, 그'와 같은 간단한 단어들이 어려웠다.

갑자기 데이비드의 머릿속에서 로저의 목소리가 튀어나왔다.

'그 할머니는 아마 무슨 뜻인지도 몰랐을걸!'

로저는 데이비드를 깔보려고 한 말이었지만, 데이비드는 그 말을 생각하면 기분이 좋아졌다.

베이필드 할머니는 그것이 무슨 뜻인지 모를 수도 있었다! 만약 실제로 그랬다면, 데이비드가 한 행동은 나쁜 행동이 아니었다. 그 할머니에게는 팔꿈치를 들어 올리는 것과 차이가 없는 행동이었을 것이다.

데이비드는 사람들이 손가락을 들어 올리는 행동을 언제부터 하게 되었는지 궁금했다. 어쩌면 고작 몇 년 전부터 하기 시작했을지도 몰랐다.

누가 만들어 냈을까? 누가 나쁜 행동이라고 정했으며, 어떻게 그렇게 많은 사람들이 알게 되었을까?

데이비드는 자기 부모님도 그 행동의 뜻을 알고 있는지 궁금했다. 생각 끝에 아빠는 알지도 모르지만, 엄마는 절대로 모를 것이라고 결론을 내렸다. 그 할머니가 어떻게 알겠는가? 누군가가 할머니에게 그것을 보여 주면서 무슨 뜻인지 말해 주었어야 하는데, 그것은 상상할 수 없는 일이었다. 그리고 엄마가 그것의 의미를 모른다면, 베이필드 할머니도 모를 것 같았다.

맥팔랜드 선생님이 말했다.

"윌리엄스 양."

데이비드는 마치 선생님이 '밸린저 군'이라고 부르기라도 한 것처럼 심장이 철렁 내려앉았다.

"게티즈버그 연설을 암송할 준비가 됐니?"

윌리엄스 양이 말했다.

"네, 모자만 빼고요."

"뭐라고?"

"아무것도 아니에요."

많은 아이들이 윌리엄스 양은 늘 정신이 딴 데 팔려 있다고 생각했지만, 데이비드는 그 아이의 말이 무슨 뜻인지 알아차렸다. 농담을 하고 있었던 것이다. 게티즈버그 연설을 외우기 위해서는 링컨처럼 딱딱한 검은색 모자를 써야 할 것 같다는 뜻이었다.

윌리엄스 양이 일어섰다.

"여기서 발표할까요, 아니면 앞으로 나갈까요?"

맥팔랜드 선생님이 말했다.

"너 편한 대로 하렴."

윌리엄스 양은 자기 자리에서 꼿꼿이 서 있었다. 그 아이는 빨간색 머리를 길게 길렀으며, 눈은 초록색이었고, 데이비드가 생각하기에 딱 알맞은 개수의 주근깨가 있었다.

데이비드는 주근깨가 정확히 몇 개인지는 몰랐지만, 딱 알맞은 개수라는 것은 알았다. 그는 가끔 아름다운 초원에서 그 아이 옆에 앉아 그 아이의 주근깨를 세는 상상을 하곤 했다.

데이비드는 맥팔랜드 선생님이 윌리엄스 양을 지목한 것이 기뻤다. 들킬 걱정 없이 그 아이를 똑바로 볼 수 있었기 때문이다. 데이비드는 윌리엄스 양의 자리에서 왼쪽으로 두 줄 그리고 뒤로 한 줄 떨어진 곳에 앉아 있었다. 만약 교실이 체스 판이라면, 둘 사이의 거리는 나이트가 한 번만 움직여도 갈 수 있는 거리였다. 만약 그 아이가 퀸이고 그가 나이트면, 그는 지금 당장에라도 그 아이를 잡을 수 있었다.

윌리엄스 양은 숨을 깊이 들이쉬고는 연설을 외우기 시작했다.

"강산이 여덟 번 바뀌고 거기에 7년을 더한 시간 전에……."

"잠깐!"

맥팔랜드 선생님이 명령했다.

윌리엄스 양은 당당하게 선생님을 똑바로 쳐다보았다.

선생님이 윌리엄스 양에게 물었다.

"윌리엄스 양, '강산이 여덟 번 바뀌고 거기에 7년을 더한 시간'이 무슨 뜻인지 아니?"

윌리엄스 양이 무척 조용한 목소리로 대답했다.

"아니요."

"아니요."

선생님은 윌리엄스 양의 말을 되풀이하고는 내처 말했다.

"그럼 말해 봐. 링컨의 게티즈버그 연설을 외우는 데 시간이 얼마나 걸렸지?"

"모르겠어요. 한 시간쯤 걸린 것 같아요."

"그 말은, 그 오랜 시간 동안 이 말을 계속 되풀이하면서 무슨 뜻인지도 몰랐다는 거니? 너 로봇이니?"

윌리엄스 양은 혀로 한쪽 볼을 불룩 내밀었다.

"윌리엄스 양, 집에 사전 있니?"

"네."

"사전에서 그 표현을 찾아봐야겠다는 생각은 한 번도 안 해 봤니?"

"낱말 하나하나는 무슨 뜻인지 알아요. 근데 합쳐 놓으니까 모르겠어요."

맥팔랜드 선생님이 다른 아이들에게 고개를 돌리고는 물었다.

"누가 합쳐 놓으면 무슨 뜻인지 윌리엄스 양에게 알려 줄 수
있을까?"

많은 아이들이 손을 들었다. 데이비드는 손을 들지 않았다.
그는 '강산이 여덟 번 바뀌고 거기에 7년을 더한 시간'이 무슨
뜻인지 알았지만, 윌리엄스 양을 민망하게 만들고 싶지 않았
다.

"슈워츠 군."

제레미 슈워츠는 '10년이면 강산도 변한다.'라는 말이 있기
때문에 87을 의미한다고 설명했다.

맥팔랜드 선생님이 말했다.

"고맙다. 그렇다면, 슈워츠 군, 링컨이 왜 단순히 87이라고
말하지 않았을까? 왜 그렇게 복잡하게 말했을까?"

"그 당시에는 사람들이 흔히 그렇게 말했던 것 아닐까요?"

"아니야. 사람들은 지금하고 똑같이 그냥 87이라고 했어."

선생님은 여전히 서 있는 윌리엄스 양에게 눈길을 돌렸다.

"윌리엄스 양, 왜 링컨이 87년 대신에 '강산이 여덟 번 바뀌
고 거기에 7년을 더한 시간'이라고 말했을 것 같니?"

윌리엄스 양이 힘없이 말했다.

"그냥 듣기 좋아서요."

"그냥 듣기 좋아서?"

선생님이 윌리엄스 양의 말을 되풀이하자, 몇몇 아이들이 낄 낄거렸다.

"듣기 좋다니, 그게 무슨 뜻일까?"

"말에 가락이 좀 있는 것 같아요."

낄낄 웃는 소리가 좀 더 커졌다. 데이비드는 이 광경을 보고 있기가 힘들었다. 윌리엄스 양이 반 전체 앞에서 조롱당하는 꼴을 보는 게 싫었다.

맥팔랜드 선생님이 계속 말했다.

"그러니까 네 말은, 남북 전쟁 동안 가장 피비린내 나는 전쟁터에서, 4만 명 이상의 사상자가 생겼던 곳에서, 형제들이 형제들을 죽인 곳에서, 링컨 대통령께서 가락이 좀 있는 것 같아서 그 표현이 골랐다는 거니?"

윌리엄스 양의 얼굴이 파르르 떨렸다.

맥팔랜드 선생님은 빙긋이 웃었다.

"음, 그게 바로 정답이야."

데이비드는 미소를 지었다.

맥팔랜드 선생님이 아이들을 향해 말했다.

"게티즈버그 연설은 단순한 연설이 아니에요. 하나의 문학 작품이에요. 다치거나 죽은 4만 명의 젊은이들을 기리는 시예요. 링컨 대통령은 그 처참한 장소에 와서 위엄과 품위를 갖춘 연설을 했어요. 그래서 말인데, 윌리엄스 양, 너도 그렇게 하면 좋겠어. 게티즈버그 연설을 암송하되, 그냥 단어들만 말하지 말고 그 글을 느껴 봐. 네가 그 전쟁터에 서 있다고 상상하면서, 그에 걸맞은 위엄과 품위를 가지고 연설해 보렴."

선생님은 윌리엄스 양을 향해 빙그레 웃으면서 한마디를 덧붙였다.

"그리고 모자는 필요 없단다."

윌리엄스 양은 수줍게 웃었다. 그러고는 머리를 빳빳이 들고 초록색 눈을 반짝이며 암송을 시작했다.

"강산이 여덟 번 바뀌고 거기에 7년을 더한 시간 전, 우리의 선조들은 자유 속에 잉태되고 모든 사람은 평등하게 창조되었다는 명제에 봉헌된 새 나라를 이 대륙에 탄생시켰습니다. 지금 우리는 거대한 내전에 휩싸여 있고······."

데이비드는 눈을 감고 의자에 등을 기댄 채로 윌리엄스 양의 맑고 당당한 목소리를 들었다.

"······우리는 이 나라를 살리기 위해 목숨을 바친 사람들에게 마지막 안식처가 될 수 있도록 그 싸움터의 일부를 바치고자 이곳에 왔습니다. 이러한 우리의 행동은 너무도 당연하고 적절한 것입니다."

데이비드는 윌리엄스 양을 보려고 다시 눈을 떴다. 그런데 순간 윌리엄스 양 대신에 펠리시아 베이필드 할머니의 얼굴이 보였다.

데이비드는 의자에 앉은 채로 벌러덩 뒤로 넘어졌다.

윌리엄스 양이 암송을 멈추었다. 몇몇 아이들이 깔깔 웃고 있었다.

맥팔랜드 선생님이 말했다.

"밸린저 군, 거기에 그대로 있어."

"네?"

"이번 기회에 인간답게 앉는 법을 배울 수 있을 거야. 윌리엄스 양, 계속하렴."

윌리엄스 양이 암송을 계속하는 동안 두 다리를 공중에 쳐든 채 등을 대고 누워 있으려니, 데이비드는 벌레가 된 기분이었다.

"그러나 더 큰 의미에서, 이 땅을 봉헌하고 축성하며 신성하게 하는 자는 우리가 아닙니다. 여기 목숨 바쳐 싸웠던 그 용감한 사람들, 전사자 혹은 생존자들이……."

데이비드는 맥팔랜드 선생님이 가운뎃손가락을 올려 보이는 것이 무슨 뜻인지 아는지 궁금했다. 그리고 링컨 대통령이 누군가에게 가운뎃손가락을 올려 보인 적이 있는지도 궁금했다.

"……그분들의 죽음이 헛되지 않도록 하고, 신의 가호 아래, 이 땅에 새로운 자유를 탄생시키며, 그리고 국민의, 국민에 의한, 국민을 위한 정부가 지상에서 결코 사라지지 않도록 하는 것입니다."

# 5

쉬는 시간에 데이비드는 스콧, 로저, 랜디 그리고 다른 몇몇 아이들과 함께 놀았다. 다른 아이들 중에는 레슬리 길로이와 진저 라이스라는 두 여자아이도 있었다. 데이비드는 아이들 무리와 함께 있다고 말하기 어려울 지경이었지만, 그래도 학교에서 가장 인기 있는 여자아이 두 명과 함께 있으니 기분이 좋았다. 데이비드는 온 얼굴에 억지웃음을 지으며 커다란 화분 가장자리에 걸터앉아 있었다.

로저가 다른 아이들에게 베이필드 할머니의 뱀 머리 지팡이를 어떻게 훔쳤는지에 대해 이야기했다.

스콧이 말했다.

"할머니 이름이 펠리시아야! 믿기니? 펠리시아라니!"

아이들이 모두 웃었다.

로저가 말했다.

"데이비드한테 너무 가까이 가지 마. 할머니한테서 저주를 받았어."

진저가 물었다.

"진짜야, 데이비드?"

데이비드는 미소를 짓고는 최대한 신비스럽게 들리도록 애쓰며 말했다.

"맞아. 나는 저주를 받았어."

진저가 한마디 내뱉었다.

"으윽."

쉬는 시간 다음에 데이비드는 과학 수업을 들었다. 수학과 과학은 데이비드가 가장 잘하는 과목이었다. 데이비드의 아버지는 과학자였다. 과학 수업 다음은 기술 수업이었다.

랜디도 기술 수업을 들었다. 데이비드가 랜디의 작업대를 지나가면서 손을 흔들고 '안녕.'이라고 인사했다.

랜디도 데이비드에게 손을 흔들면서 큰 소리로 외쳤다.

"안녕, 데이브!"

앨빈이라는 남자아이가 랜디에게 뭐라고 속삭였고, 둘이 함께 웃었다.

데이비드는 교실의 반대편에 있는 자기 작업대 쪽으로 계속 걸어갔다.

학년 초에 학생들은 모두 가정과 기술 과목 중 하나를 골라 신청해야 했다. 남자는 기술을 듣고 여자는 가정을 들어야 한다는 규칙은 없었다. 사실 데이비드와 작업대를 함께 쓰는 아이도 여자였다.

하지만 여자아이들이 '남자 일'을 하는 것은 남자아이들이 '여자 일'을 하는 것보다 훨씬 쉬웠다. 기술은 데이비드가 가장 못하는 과목이었다. 그래서 사실은 가정 수업을 듣고 싶었었다. 언젠가는 요리를 할 줄 알아야 한다는 것을 알았다. 하지만 가정을 신청하면 다른 아이들이 뭐라고 놀릴지도 잘 알았다.

데이비드는 사과 모양의 치즈용 도마를 만들고 있었다. 미리 제도용지에 모양을 그려 놓았고, 지금은 조심조심 그 모양을 단풍나무 목재에 옮겨 그리고 있었다.

땅!

데이비드 옆에 있는 여자아이가 만들고 있던 개집에 망치로 못을 박자 데이비드의 연필이 손에서 미끄러졌다.

데이비드는 고개를 돌려 여자아이를 보았다. 여자아이는 작고 마른 몸에 짧은 까만색 머리가 머리통 위에 바가지처럼 얹

혀 있었다. 이름은 모린이었는데, 다들 모라고 불렀다.

땅! 땅! 땅!

데이비드는 모의 깡마른 팔이 망치를 휘둘러 세 번 만에 못을 깊숙이 박을 수 있다는 것에 감탄했다. 개집은 이미 모의 몸보다 더 컸다.

데이비드는 나무판자에 사과 모양을 옮겨 그리는 일을 끝마쳤다. 제도용지에 그린 것하고 똑같지는 않았지만 상관없었다. 어차피 선을 따라 자르지 못할 것이 뻔했으니까.

데이비드는 장갑과 보호안경을 쓰고서 조심스럽게 전기 실톱을 향해 다가갔다. 그리고 철판에 나무판자를 올려놓고 전기 실톱의 스위치를 켰다. 그러고는 진동하는 세로 톱날이 미리 그려 놓은 사과의 윤곽선을 따라 움직이도록 나무판자를 조금씩 움직였다. 지금까지는 좋았다…… 완벽했다.

"미쳤어!"

사과 모양을 완벽하게 잘라 가고 있었는데, 맨 위에서 그만 선을 잘못 따라가 실수로 사과의 꼭지를 잘라 버렸다. 사과 꼭지는 치즈용 도마의 손잡이 부분이기도 했다.

'흠, 모든 사과가 꼭지가 있는 건 아니지, 뭐.'

데이비드는 그렇게 자신을 위로했다.

데이비드는 다시 작업대로 가서 제도용지를 꺼낸 다음 사과

꼭지를 지웠다. 작품을 그림에 맞출 수 없다면 그림을 작품에 맞추어야 한다는 것을 이미 학년 초에 터득한 터였다.

모가 데이비드에게 물었다.

"그거 여자 친구한테 줄 거니?"

"응? 몰라."

데이비드가 어깨를 으쓱하고는 덧붙였다.

"그럴지도 모르지."

데이비드는 모가 자기를 여자 친구가 있을 법한 남자로 봐주는 것에 우쭐한 기분이 들었다.

모가 또 물었다.

"거기에 이름 이니셜도 새길 거야?"

"왜 그래야 하지? 걔는 내가 누군지 아는데."

'걔'가 누구인지는 모르겠지만.

"원래 하트에는 그러는 것 아닌가?"

모는 그렇게 말하고는 자신의 작품으로 눈길을 돌렸다. 땅!
땅! 땅!

데이비드는 모가 개집 뒤쪽에 못을 하나 더 박는 것을 지켜본 다음 자신의 초라한 작품을 할끗 보았다. 확실히 사과보다는 하트처럼 보였다.

데이비드가 고개를 들었을 때, 랜디와 앨빈이 다가오는 것이 보였다. 데이비드는 그들을 향해 고개를 끄덕였다.

앨빈은 데이비드를 본 척도 하지 않았다.

"안녕, 모. 나하고 랜디가 궁금한 게 있어서 말이야."

모가 앨빈과 랜디를 미심쩍은 눈초리로 보며 말했다.

"뭔데?"

모의 손에는 망치가 쥐어져 있었다.

"너, 남자야, 여자야?"

앨빈은 그렇게 묻고는 랜디와 함께 깔깔 웃었다.

모가 말했다.

"꺼져."

랜디가 말했다.

"남자도 여자도 아니야! 개야, 개! 봐. 자기 집을 만들고 있
잖아!"

랜디와 앨빈은 또 깔깔 웃었다.

랜디가 말했다.

"조심해, 데이비드. 아직 광견병 주사를 안 맞았을지도 모르
니까."

데이비드는 웃었다.

모가 말했다.

"이 망치로 엉덩이를 얻어맞고 싶은 거니?"

데이비드는 얼굴이 빨개졌다. 모가 앨빈과 랜디한테만 으름장을 놓은 것인지, 아니면 자기까지 포함된 것인지 아리송했기 때문이다. 데이비드는 모를 제대로 볼 엄두가 나지 않았다.

앨빈과 랜디는 깔깔 웃으면서 다시 자기들 작업대 쪽으로 걸어갔다.

데이비드는 치즈용 도마를 내려다보았다. 그리고 모가 다시 개집에 못을 박는 소리가 들릴 때까지 숨도 제대로 쉬지 못했다.

# 6

학교가 끝난 뒤 함께 집으로 걸어가면서 스콧이 데이비드에게 말했다.

"오늘 아침에 그 담배 받지 그랬어. 꼭 피울 필요는 없잖아. 그냥 화장실에 들어가서 불을 붙이고 몇 분 동안 타게 내버려 두면 되잖아. 연기가 머리에 밸 때까지만. 담배 한 대가 너를 죽이지는 않아."

데이비드가 말했다.

"그렇지. 하지만 우리 부모님이 나를 죽일지도 몰라."

스콧은 웃었다.

데이비드도 따라 웃었다.

데이비드는 여전히 둘이 친구라는 - 최소한 로저가 근처에 없을 때에는-사실이 기뻤다.

스콧이 말했다.

"오늘 아침에 너를 기다리지 않은 건 미안해. 내가 너를 안 좋아하는 건 아니야. 그러니까 내 말은, 너는 지금도 내 친구야. 하지만 그게, 너도 알다시피, 내 평판에는 안 좋아. 내 생각도 해야 하잖아. 이해하지? 어?"

"그렇지, 뭐."

"지금 너하고 같이 집에 가는 것도 위험을 무릅쓰고 하는 거야. 하지만 넌 내 친구야."

"고마워. 그런데 둘 다 그런 건 아니지? 응? 내 말은, 랜디는 나를 괜찮게 보는 것 같더라. 다만 로저가 나를 완전히 무시하지."

스콧은 고개를 가로저었다.

"야, 완전히 반대야. 로저는 이제 네가 저주에 걸렸다고 좀 멋진 것 같다고 말하고, 랜디는 그냥 너를 완전히 찌질이라고 생각해."


리키가 물었다.

"형, 오늘 게티즈버그 연설 발표했어?"

"아니, 맥팔랜드 선생님이 나를 안 시켰어."

"참 안됐네! 형은 하나도 안 틀렸을 텐데."

데이비드는 어깨를 으쓱했다.

"나한테 한 번 더 들려주면 안 돼?"

데이비드는 동생을 위해 다시 한번 게티즈버그 연설을 암송했다. 맥팔랜드 선생님이 한 말을 떠올리고는 게티즈버그 전투에 걸맞은 위엄과 품위를 가지고 말하려고 애썼다.

데이비드가 암송을 끝마치자 리키가 말했다.

"그렇지. 한 단어도 안 빠뜨렸어."

리키도 연설을 다 외운 것이었다.

데이비드가 말했다.

"자, 이제 내 연설(연설을 뜻하는 영어 단어 address는 '주소'라는 뜻도 있다. 아래는 이런 동음이의어를 이용한 유머: 옮긴이) 듣고 싶니?"

리키가 말했다.

"좋아."

데이비드가 말했다.

"메도브룩 거리 1411."

리키가 깔깔 웃었다.

데이비드는 신기해하며 고개를 절레절레 저었다. 그는 자신이 정말 그렇게 멋진 사람이라면 동생에게 게티즈버그 연설이

나 암송해 주고 있지는 않으리라는 것을 리키가 왜 깨닫지 못하는지 이해할 수 없었다. 진짜 멋진 사람이라면 친구들이나 여자하고 놀고 있을 텐데 말이다. 집에서 동생에게 링컨의 게티즈버그 연설을 암송해 주는 것은 샌님들이나 하는 짓이다.

데이비드는 생각했다.

'내 친구라는 애들이 나를 찌질이로 여긴다는 사실을 리키가 알게 되면 어떤 생각을 할까? 또는 내가 좋아하는 여자아이가 있는데, 걔는 절대로 나를 좋아하지 않을 것이라는 사실을 알게 되면? 그리고 그 여자애가 게티즈버그 연설을 암송하는 동안 내가 의자에 앉은 채로 벌러덩 넘어져서 벌레처럼 등을 대고 누워 있을 수밖에 없었다는 사실을 알게 되면?'

엄마가 지나가자 리키가 말했다.

"안녕, 엄마. 형 연설(주소) 듣고 싶으세요?"

엄마는 손가락 하나를 입술에 대고는 데이비드의 방으로 들어오면서 속삭였다.

"쉿. 방금 엘리자베스를 재웠어."

엄마는 밝은 갈색 머리를 중간 길이 정도로 기르고 있었고, 눈은 초록빛을 띤 갈색이었다. 엄마는 늘 피곤해 보였지만, 동시에 행복해 보이기도 했다. 엘리자베스가 태어나기 전에는 컨설턴트 회사에서 통계 분석 일을 했다. 처음에는 6주만 휴직

하려고 했는데, 그것이 세 달이 되고, 여섯 달이 되었다. 그리고 이제는 이따금 회사 복직 이야기를 하곤 했다.

리키가 속삭였다.

"형 연설(주소) 듣고 싶으세요? 진짜 웃겨요."

"그래."

"형, 엄마한테 형 연설(주소) 좀 들려줘."

데이비드가 어깨를 으쓱하며 말했다.

"메도브룩 거리 1411."

리키가 다시 깔깔 웃었다.

엄마는 예의상 웃는 웃음을 지었다. 농담을 이해하지 못한 것이 틀림없었다. 만약 그것도 농담으로 쳐 준다면 말이다.

"리키, 네 방 좀 치워야겠더라."

리키가 먼저 나갔고, 엄마가 뒤따라 나가려고 했다.

"저기요, 엄마."

엄마가 몸을 돌려 데이비드를 보았다.

데이비드는 엄마에게 가운뎃손가락을 올려 보였다.

잠시 엄마는 아무 반응도 보이지 않았다. 그러더니 굳은 목소리로 말했다.

"아빠가 집에 오실 때까지 꼼짝도 하지 마."

엄마는 방문을 쾅 닫고 가 버렸다.

1초 뒤, 엘리자베스가 우는 소리가 들렸다. 데이비드는 가운 뎃손가락을 내려다보았다. 아직도 곧추서 있는 손가락이 자신을 가리키고 있었다.

# 7

데이비드는 엄마가 정말로 '꼼짝도 하지 마.'라는 뜻으로 말한 것은 아니라고 생각했다. 너무 화가 나서 말을 정확하게 하지 못한 것이라고 생각했다. 아빠가 돌아올 때까지 방에 있어야 하지만 움직이는 것은 괜찮다고 여겼다.

불행하게도 데이비드의 아빠는 밤 열두 시가 되도록 집에 오지 않는 경우가 가끔 있었다. 아빠는 대학교에 있는 실험실에서 일했는데, 실험에 너무 몰두한 나머지 시간을 아예 잊어버리곤 했다.

데이비드는 아빠가 정확히 무슨 일을 하는지 몰랐다. 암 치료법 개발과 관련된 일을 한다는 정도만 알았다. 아빠는 데이비드에게 자기 일을 간단하게 찬찬히 설명하려고 애썼지만, 늘 너무 열을 내는 바람에 디엔에이(DNA) 분자의 분리, 복제, 결합에 대해 매우 빠르게 말을 하기 시작했다. 그러고는 30분 정도 이야기를 하고 나서야 데이비드가 하나도 알아듣지 못하고 있다는 것을 깨달았다.

그러면 그냥 어깨를 으쓱하고는 이렇게 말하곤 했다.

"아빠는 암 치료법을 연구하고 있어."

하지만 데이비드는 아빠가 정부 보조금을 받는 유일한 방법은 암 치료법을 연구하고 있다고 말하는 것이라는 말도 들었다. 물론 아빠가 하는 연구가 훗날 암 치료법을 발견하는 데 도움이 된다면 좋겠지만 핵심은 그게 아니라는 것이었다.

리키가 쟁반에 저녁 식사를 담아 데이비드에게 가져왔다.

"형이랑 이야기하면 안 돼. 그냥 저녁 식사만 주고 바로 부엌으로 돌아가야 해."

데이비드는 침대에 누운 채로 대꾸했다.

"그래."

리키는 쟁반을 책상에 내려놓고는 문 쪽으로 발걸음을 옮기다 말고 멈추더니 형에게 후다닥 걸어왔다. 그리고 이렇게 속삭였다.

"형, 도대체 뭘 한 거야?"

데이비드는 고개를 가로저었다.

데이비드는 엄마에게 손가락 욕을 했다고 동생에게 말하기가 너무 창피했지만, 동생이 자신에게 또다시 감탄하고 있다는 것을 알 수 있었다. 리키에게 데이비드는 어떤 신비스럽고 대단한 일을 한 것 때문에 지금 이렇게 방에서 혼자 밥을 먹고 있는 존재였다.

데이비드는 저녁을 깨작깨작 먹으면서 생각했다.

'정말로 내가 저주를 받은 것일지도 몰라. 나는 친구도 없고, 엄마는 나를 미워해.'

베이필드 할머니가 저주를 내렸다고 믿는 척을 하니, 신기하게도 한편으로는 마음이 편해졌다. 핑곗거리가 생긴 것이었다.

'내가 찌질한 것은 내 탓이 아니야. 저주를 받았기 때문이야.'

문이 열렸다. 아빠가 들어와 데이비드를 한 번 힐끗 보고는 고개를 절레절레 저었다.

데이비드가 말했다.

"죄송해요."

아빠가 침대에 앉으면서 말했다.

"나한테 말하지 말고 엄마한테 말하렴."

아빠는 찢어진 청바지와 티셔츠를 입고 있었다. 평소 일할 때의 복장이었다. 정부에서 나온 사람을 만날 때에만 양복을 입고 넥타이를 맸다. 아빠는 데이비드와 마찬가지로 무척 심한 곱슬머리였지만, 탈모가 진행 중이었다. 또 듬성듬성 자란 콧수염과 턱수염을 기르고 있었다.

데이비드가 설명을 하려고 애썼다.

"저는 그게 무슨 뜻인지 엄마가 모를 거라고 생각했어요."

아빠는 미심쩍은 눈초리로 데이비드를 바라보았다.

"누가 엄마한테 무슨 뜻인지 알려 준 거예요? 아빠가 그랬어요?"

"아니."

"그럼 엄마가 어떻게 알아요? 누군가가 그 행동을 보여 주고 무슨 뜻인지 설명해 줘야 하잖아요."

"그렇겠지."

"제가 무슨 짓을 했다고 엄마가 말하셨어요? 뭘 했다고 표현하셨죠?"

아빠는 잠시 생각했다.

"구체적으로 뭘 했다고 말하지는 않았어. '데이비드가 나한테 이것을 했어요.'라고 말하고는 나한테 보여 줬어."

"엄마가 잘하시던가요?"

"잘하다니?"

"제 말은, 자연스럽게 하실 수 있던가요?"

아빠는 빙긋이 웃었다.

"아니, 사실은 나머지 한 손을 써서 손가락들을 제자리에 가도록 접어야 했어."

"저는 그냥…… 그러니까 엄마가 아주 순수하고 순진하고 뭐 그래서 그게 무슨 뜻인지 모르실 거라고 생각했어요."

"흠, 지금 그게 문제가 아니잖아. 설사 엄마가 무슨 뜻인지 몰랐다고 해도 네 행동이 용서되는 건 아니야."

"왜요? 누군가에게 손가락을 올려 보였는데, 그 사람이 무슨 뜻인지 모른다면 그게 왜 나쁜 것이 되죠?"

아빠는 뭔가 말하려다 멈추고는 다시 생각을 했다.

"좋은 지적이구나. 본질적으로 나쁜 것은 없지. 단지 모든 사람들이 나쁜 행동이라고 동의해서 나쁜 거니까. '행운을 빌어.' 같은 좋은 뜻으로 쓰일 수도 있었다고 봐."

"아니면 '사랑해.' 같은 것으로요."

"그렇지."

아빠는 빙긋이 웃더니 다시 진지한 얼굴로 돌아갔다.

"설사 엄마가 무슨 뜻인지 몰랐다고 해도 너는 알았잖아. 너는 '행운을 빌어.'나 '사랑해.'를 생각했던 게 아니잖아. 모욕을 주려는 뜻으로 그렇게 한 거지."

"어떤 뜻을 가지고 한 건 아니에요. 단지 엄마가 무슨 뜻인지 아는지 알아보려고 한 거예요. 실험 같은 거였어요."

아빠는 데이비드의 말을 곰곰이 생각해 보는 것 같았다.

"누가 만들어 냈어요?"

"아빠도 몰라."

"만든 사람이 있을 것 아니에요?"

아빠는 고개를 끄덕끄덕했다.

"그렇겠지. 그러고 나서 사람들한테 가운뎃손가락을 올려 보이고는 무슨 뜻인지 설명을 했겠지. 그렇게 하지 않으면 아무도 신경을 안 썼을 테니."

"사람들은 '행운을 빌어.'나 '사랑해.'라고 생각했을 수도 있었겠죠."

아빠는 하하 웃었다.

"맞아. 그리고 그 사람들도 또 다른 사람들한테 가운뎃손가락을 올려 보이고 설명을 해야만 했을 거야. 하지만 이제 우리는 사람들이 너무 오랫동안 서로에게 욕하고 모욕적인 행동을 해서 더 이상 굳이 설명하지 않아도 되는 세상에 살고 있어."

아빠는 서글픔이 밴 웃음을 짓고는 이렇게 덧붙였다.

"그러니까 우리는 정말 운이 좋은 셈이지 않니?"

"사람들이 언제부터 그 행동을 했는지 궁금해요."

"꽤 오래전부터 했겠지. 지금은 모든 사람이 다 알 정도가 됐으니."

"우리 할머니랑 할아버지도 무슨 뜻인지 아실까요?"

"틀림없이 아실 거야. 하지만 나는 한 번도 그분들에게 실험을 해 본 적은 없단다."

아빠는 미소를 지었다.

데이비드도 따라서 미소를 지었다.

"그런데 만약 그것이 무슨 뜻인지 모르는 어떤 사람이 있는데, 그 사람한테 그것을 하면 어떻게 되죠? 그것은 나쁜가요? 엘리자베스는 그것이 무슨 뜻인지 모르잖아요. 제가 지금 엘리자베스 방에 가서 가운뎃손가락을 올려 보이면, 그것은 나쁜 행동인가요?"

"나도 모르겠구나. 내가 엘리자베스랑 산책하고 있는데 누가 다가와서 '안녕, 엘리자베스.'라고 말하면서 엘리자베스한테 가운뎃손가락을 올려 보이면 기분이 좋을 것 같지는 않구나."

아빠는 잠시 생각해 보고는 이렇게 말했다.

"그런데 그게 엘리자베스의 기분을 상하게 해서 그런 것일까, 아니면 내 기분을 상하게 해서 그런 것일까?"

"엘리자베스도 언젠가 그것이 무슨 뜻인지 알게 되겠죠. 엄마처럼요. 정말 믿기 어렵네요. 슬픈 일이에요."

아빠는 고개를 끄덕이고는 말했다.

"엄마한테 가서 사과하는 게 어떻겠니?"

데이비드는 문을 향해 걷기 시작했다.

"데이비드."

데이비드는 뒤를 돌아보았다.

아빠가 데이비드를 향해 가운뎃손가락을 올렸다.

"행운을 빈다."

데이비드도 아빠를 향해 가운뎃손가락을 올렸다.

"사랑해요."

데이비드의 엄마는 그것이 단지 실험이었다는 것을 알게 되자 매우 기뻐했다. 그리고 자기가 무슨 뜻인지 모를 것이라고 데이비드가 생각한 것을 알고는 우쭐한 기분이 들었다.

# 8

데이비드는 화요일에 스콧의 집에 들를 생각이 없었다. 하지만 스콧의 집이 마침 학교 가는 길에 있는 데다, 혹시 스콧이 집에 있을지도 모른다는 생각이 들었다.

스콧은 집에 없었다.

스콧의 엄마가 말했다.

"데이비, 너를 기다리라고 했는데, 바쁜 일이 있는 것 같더라."

"괜찮아요. 없을 거라고 생각했어요. 하지만 아시잖아요. 저는 어차피 이 집을 지나가야 하니까, 그냥 혹시⋯⋯."

"참, 스콧이 점심 도시락을 잊어버렸어. 혹시 가져다줄 수 있겠니?"

스콧의 엄마는 집 안으로 사라지더니 잠시 후 흰색 종이봉투를 들고 다시 나타났다.

데이비드는 스콧의 도시락을 가지고 학교로 갔다. 스콧과 로저, 랜디, 앨빈이 함께 웃고 있는 모습이 보였다. 데이비드는 스콧의 도시락을 쓰레기통 안으로 던져 버렸다. 스콧의 평판을 망치고 싶지 않았기 때문이다.

데이비드는 사물함에서 책을 꺼내 교실로 향했다.

'정말로 베이필드 할머니가 나한테 저주를 내렸을지도 몰라. 하지만 할머니가 진짜 마녀라고 해도, 내가 아니라 스콧이나 로저에게 저주를 내렸을 거야. 나는 단지 손가락을 올려 보였을 뿐이잖아.'

데이비드는 문득 깨달은 것이 있었다.

'그리고 나서 엄마한테도 손가락을 올려 보였어. 어쩌면 베이필드 할머니가 나로 하여금 그렇게 하도록 만들었을지도 몰라.'

그때 데이비드의 머릿속에 기이한 생각이 하나 더 떠올랐다. 로저가 베이필드 할머니의 창문을 깬 것과 똑같이 자신도 부모님의 방의 창문을 깨뜨린 일이었다.

그리고 문득 또 한 가지를 깨달았다. 랜디가 흔들의자를 뒤로 당겨 베이필드 할머니가 넘어진 것과 똑같이 자신도 교실에서 의자에 앉은 채로 뒤로 넘겨졌던 것이다.

데이비드는 이 모든 기이한 일들을 생각하며 미소를 지었다.

하지만 곧 미소는 사라졌다. 데이비드 쪽으로 걸어오고 있는 윌리엄스 양이 보였기 때문이다. 그 아이의 빨간색 머리카락이 노란색과 보라색 스웨터 위로 길게 늘어뜨려져 있었다. 데이비드는 윌리엄스 양이 자기를 보고 미소를 지은 것으로 오해하지 않기를 바랐다.

윌리엄스 양의 초록색 눈이 데이비드를 향해 반짝였다.

"안녕."

데이비드는 입이 바싹바싹 탔다.

"안녕, 윌리엄스 양."

간신히 뱉어 낸 것 같은 말투였다.

윌리엄스 양은 문을 열고 자기 책상을 향해 걸어갔다.

데이비드는 아까 빨개진 자기 얼굴을 윌리엄스 양이 보지 못했기를 바랐다. 자기 책상으로 걸어가면서 데이비드는 완전히 바보가 된 기분이었다.

데이비드는 자기가 윌리엄스 양이라고 말했다는 사실을 믿을 수가 없었다. 이름을 모르면 어떤가? 그냥 '안녕.'이라고 했어야 했다. 그 아이는 그냥 '안녕.'이라고 했다. 간결하면서도 다정하게. 그는 '안녕, 윌리엄스 양.'이라고 말했다. 샌님 같게,

바보 같게.

데이비드는 조금 전의 일을 생각만 해도 다시 얼굴이 빨개지는 것을 느꼈다.

'흠, 내 잘못이 아니야. 저주를 받아서 그래.'

맥팔랜드 선생님은 연극 중간에 링컨 대통령을 암살한 유명 배우 존 윌크스 부스에 대해 이야기하고 있었다.

"우리가 아는 한, 링컨 대통령은 부스가 방아쇠를 당긴 마지막 순간까지도 모든 것이 연극의 일부라고 생각했던 것 같아요."

'윌리엄스 양이 나에게 인사를 했어.'

데이비드는 문득 그 사실을 깨달았다. 그것은 보통 일이 아니었다. 데이비드는 윌리엄스 양의 이름을 알고 싶었다. 전에 들은 적이 있는지 궁금했다. 데이비드는 혹시 땡 하고 종이 울리듯 기억이 번쩍 떠오를까 싶어, 알고 있는 여자 이름을 죄다 생각해 보았다. 앨리스 윌리엄스, 에이미 윌리엄스, 베티 윌리엄스, 바버라 윌리엄스, 캐럴 윌리엄스, 캐시 윌리엄스, 데비 윌리엄스, 도나 윌리엄스……. 젤다 윌리엄스까지 갔지만, 울리는 종이라고는 수업 끝을 알리는 종뿐이었다.

쉬는 시간에 데이비드는 스콧과 로저가 다른 아이들과 함께 계단에서 놀고 있는 것을 보았다. 로저가 팔을 휘저으며 뭔가 이야기하고 있었고, 다른 아이들은 모두 웃고 있었다.

데이비드는 한숨을 쉬었다. 로저가 무슨 말을 하고 있는지 알지 못했지만, 별로 웃길 것 같지는 않았다. 하지만 자신도 저기에 있으면 따라 웃고 있으리라는 것을 알았다.

레슬리 길로이가 로저의 검은색 비닐 점퍼를 입고 있었다. 이것은 그들이 하는 놀이 가운데 하나였다. 여자가 남자의 점퍼를 입으면, 그것은 그 여자가 다른 남자와 이야기할 수 없다는 뜻이었다. 레슬리는 점퍼를 벗기 전에는 심지어 랜디나 스콧과도 이야기할 수 없었다.

레슬리는 길고 매끈한 금발이 아름다운 아이였는데, 정작 본인은 늘 머리카락에 대해 투덜거렸다. 남자아이들이 스포츠에 대해 이야기할 때처럼 자신이 주목받지 못하고 있을 때면, 레슬리는 느닷없이 이렇게 말하곤 했다.

"나는 내 머리가 정말 싫어. 너무 생머리야. 진저, 네 머리 같으면 좋을 텐데."

진저의 머리는 까만 곱슬머리였다.

데이비드는 수학책을 펼치고 숙제를 하기 시작했다. 친구가 하나도 없으면 적어도 숙제를 끝낼 수 있으니 학교가 끝난 후 자유 시간은 많겠네, 하고 그는 생각했다. 데이비드는 자신을 비웃는 쓴웃음을 지었다.

'자유 시간이 있으면 뭐 할 건데? 남동생하고 남동생 친구들과 놀려고?'

레슬리의 고함이 들렸다.

"진저, 너도 나와 함께 가야 해!"

데이비드는 고개를 들어 레슬리와 진저가 자기를 향해 걸어 오는 것을 힐끔 보았다. 그러고는 다시 고개를 숙여 책을 보았지만, 곁눈질로 계속 레슬리와 진저를 지켜보았다.

두 여자아이는 데이비드 바로 앞에 멈춰 섰다. 레슬리는 로저의 검은색 점퍼를 벗어 진저에게 건넸다. 이제 말을 하는 것이 허용되었다. 레슬리는 데이비드를 똑바로 보며 말했다.

"어떤 여자애도 네 점퍼를 입고 싶어 하지 않을 거야. 너는 전교에서 가장 못생겼어."

레슬리는 진저에게서 다시 점퍼를 받아서 입었다. 두 여자아이는 뒤로 돌아 재빨리 친구들에게 돌아갔다.

레슬리가 외치는 소리가 데이비드의 귀에 들렸다.

"내가 말했어! 얼굴에 대고 말했어!"

진저가 말했다.

"데이비드는 아무것도 안 했어. 그냥 가만히 앉아 있었어."

# 9

'내가 무엇을 해야 했을까?'

데이비드는 2시간 30분 후에 체육복을 갈아입으면서도 그 생각을 하고 있었다.

'레슬리 길로이의 얼굴을 때려야 했을까? 애들은 무엇을 기대한 것일까? 내가 '아니야, 나는 못생기지 않았어.'라고 말할 수는 없었어. 그러면 상황이 더 나빠졌을 거야.'

로저는 데이비드와 같은 체육 수업을 들었다. 데이비드는 로저의 사물함이 탈의실에서 자신의 반대편에 있다는 사실에 기뻐했다. 최소한 옷은 평화롭게 갈아입을 수 있을 테니까.

데이비드는 축구장으로 향했다. 데이비드는 축구를 잘했다. 달리기도 꽤 잘했지만, 그보다 발놀림이 재빨랐다.

팀들이 경기할 준비를 마치고 난 뒤, 데이비드는 로저의 팀을 상대해야 한다는 것을 알게 되었다. 당연히 로저는 골키퍼였다. 로저는 땀이 나거나 머리가 헝클어질 포지션을 맡기에는 너무 멋쟁이였다.

데이비드는 공을 차기도 하고, 종아리를 차이기도 하고, 넘어졌다 다시 일어나기도 하면서 축구장을 이리저리 뛰어다녔다.

로저는 두 손을 머리 뒤로 올린 채로 골대에 기대서 구경을 했다. 누군가가 골대를 향해 공을 찰 때마다 로저는 가볍게 공을 막아 내고는 축구장 반대편까지 공을 뻥 찼다.

데이비드는 얼굴에 묻은 땀을 닦으며 생각했다.

'슛 한 번만. 로저를 뚫고 골을 넣을 강슛 딱 한 번만. 아니면 최대한 세게 로저를 맞힐 수 있는, 로저 델브룩의 의기양양한 얼굴을 정통으로 맞힐 수 있는 슛도 괜찮아.'

공이 아무도 없는 곳으로 통통 튀어 가자 데이비드가 쫓아갔다. 데이비드는 발 측면으로 공을 세웠다. 누군가 그를 향해 돌진해 왔다. 데이비드가 드리블로 피해 가려고 했지만, 두 사람의 다리가 부딪쳤고, 둘 다 그라운드에 쓰러졌다.

공은 힘없이 골대를 향해 굴러갔다. 로저가 공을 주워 데이비드 머리 위로 높이 찼다.

데이비드는 다시 일어났다. 그리고 허리를 숙여 두 손을 무릎에 짚은 채로 숨을 깊이 들이쉬었다.

그때 수비에 막혀 튀어 나온 공이 사이드라인을 향해 굴러가고 있었다. 데이비드는 공을 쫓아가서 아웃이 되기 직전에 발뒤꿈치로 잡았다. 그러고는 뒤로 돌아섰는데, 자신과 골대 사이에 아무도 없었다.

로저만 빼고.

데이비드는 공을 놓치지 않으면서 최대한 빠른 속도로 공을 드리블했다. 사람들이 사방에서 다가오고 있었다. 이제 조금만 더 가까이 가면 되었다.

데이비드가 지나치게 세게 건드는 바람에 공이 그에게서 너무 멀어지고 로저에게 너무 가까이 갔다.

로저가 공을 쫓아 튀어나왔다. 데이비드는 로저가 먼저 공을 차지하리라는 것을 알았지만, 계속 돌진했다.

갑자기 로저가 우뚝 멈춰 섰다. 데이비드는 골대를 막으려고 뒷걸음질 치는 로저의 얼굴에서 공포심을 설핏 보았다. 데이비드가 공을 잡았을 때, 로저는 팔을 양쪽으로 쫙 벌린 채로 여전히 뒷걸음질을 치고 있었다.

데이비드는 미소를 짓고는 있는 힘껏 공을 찼다.

공은 골대 근처에도 가지 않았다.

골대를 훌쩍 넘어 여자아이들이 배구를 하고 있는 곳까지 굴러갔다.

로저의 얼굴에서는 공포의 흔적도 찾아볼 수 없었다.

로저는 깔보는 투로 이렇게 말했다.

"가서 공 가져와라, 돌대가리야."

데이비드는 공을 뒤쫓아 갔다. 공을 찬 사람인 데다, 절대로 공을 가지러 갈 리가 없는 로저를 빼고는 공에 가장 가까이 있는 사람이었기 때문이다. 데이비드는 배구장을 향해 뛰었다.

그러다가 우뚝 멈춰 섰다. 윌리엄스 양이 축구공을 들고 있었다. 윌리엄스 양은 팔과 다리에도 주근깨가 있었다. 여태껏 데이비드는 윌리엄스 양이 같은 체육 수업을 듣고 있다는 사실을 몰랐다.

데이비드는 얼굴에서 땀을 뚝뚝 흘리며 입을 쩍 벌린 채로 윌리엄스 양을 바라보았다. 그 아이는 체육복인 파란색 반바지와 흰색 상의에 초록색 머리띠를 하고 발목까지 오는 빨간색 운동화를 신고 있었다.

윌리엄스 양은 언더핸드로 데이비드에게 축구공을 던져 주었다.

데이비드가 숨을 내뱉고는 말했다.

"고마워."

"천만에, 밸린저 군."

데이비드를 향해 미소를 짓는 윌리엄스 양의 초록색 눈이 반짝였다.

데이비드는 마냥 행복한 기분을 느끼며 축구장으로 돌아갔다.

## 10

데이비드는 윌리엄스 양이 한 말과 웃는 모습을 생각하느라 샤워를 너무 오래 했다. 초록색 머리띠를 하고, 파란색 반바지를 입고, 목이 긴 빨간색 운동화를 신은 윌리엄스 양의 모습이 눈앞에 선했다. 그러다 갑자기 가슴을 찌르는 죄책감을 느꼈다. 베이필드 할머니도 목이 긴 빨간색 운동화를 신고 있었다는 사실이 떠올랐기 때문이다.

데이비드가 아직도 옷을 입고 있었을 때 시작종이 울렸다. 그는 서둘러 신발 끈을 묶고 체육복을 사물함에 넣은 다음, 오늘의 마지막 수업인 스페인어 수업을 들으러 갔다.

스페인어를 가르치는 여선생님인 구티에레스 선생님이 늦게 들어온 데이비드를 맞이했다.

"부에노스 타르데스, 다비드."

데이비드가 대답했다.

"부에노스 타르데스, 세뇨라."

데이비드는 스페인어의 타르데스(tardes)는 '오후'라는 뜻인데, 그와 비슷한 영어의 타디(tardy)는 '늦은'이라는 뜻인 게 신기했다. 구티에레스 선생님은 '좋은 오후'라는 뜻의 인사말을 건넸지만, 데이비드는 선생님이 독특한 방식으로 자신이 지각한 것을 꼬집고 있다는 느낌이 들었다.

구티에레스 선생님이 날카로운 목소리로 속삭였다.

"다비드!"

선생님은 자기에게 가까이 오라는 제스처로 손가락을 흔들었다.

데이비드가 교실 앞으로 걸어가면서 물었다.

"왜 그러시죠?"

선생님은 이제 손 전체로 다가오라는 제스처를 하면서 속삭였다.

"이리 오렴."

여러 아이들이 킬킬거리는 소리가 들려서 데이비드도 빙긋이 웃었다. 레슬리 길로이도 스페인어 수업을 들었다. 레슬리는 선생님을 보고 있지 않았다.

데이비드가 구티에레스 선생님에게 다가가며 말했다.

"시(네), 세뇨라."

데이비드는 구티에레스 선생님이 예전에 엘살바도르에서인가 니카라과에서인가 판사였는데, 산디니스타(니카라과의 독재 정권을 무너뜨린 혁명 단체: 옮긴이)인가 니카라과의 반군인가를 피해 한밤중에 조국을 떠나야 했다는 소문을 들은 적이 있었다.

선생님이 말했다.

"다비드, 너 지금, 아……."

선생님은 올바른 영어 단어를 찾으려고 애를 먹고 있었다.

"……그것을 올려야 해."

선생님이 단어를 기억해 내려고 애쓰면서 손을 빙빙 돌리자 팔찌들이 딸랑거렸다.

데이비드가 물었다.

"뭘요? 케 파사(무슨 일인데요)?"

선생님은 데이비드가 스페인어로 말하자 미소를 짓고는 계속 손을 빙빙 돌렸다.

"크레마예라, 콤프렌데(이해하겠니)?"

데이비드는 고개를 저었다. 그는 크레마예라가 무엇인지 몰랐다.

"다음부터 늦지 않도록 노력하겠습니다."

"아니, 아니. 크레마예라가 내려갔어. 올려야 해."

"제 성적이 나쁜가요? 성적을 올려야 한다고요?"

선생님의 눈은 데이비드를 향하고 있었지만, 마치 데이비드가 앞에 없다는 듯한 눈길이었다. 그때 갑자기 단어가 생각났는지 선생님의 눈이 반짝였다. 선생님은 큰 소리로 이렇게 말했다.

"지퍼!"

데이비드는 여전히 무슨 말인지 몰라서 물었다.

"지퍼요? 제가 지퍼를 올려야 한다고요?"

갑자기 데이비드의 얼굴이 새빨개졌다. 최대한 눈에 띄지 않게 데이비드는 바지 지퍼를 올렸다.

구티에레스 선생님이 말했다.

"그라시아스(고맙다)."

다른 아이들은 모두 웃느라 정신이 없었다.

데이비드는 아무도 보지 않으려고 애쓰면서 자기 자리로 갔다.

누구누구가 봤을까? 봤다고 해도 속옷밖에 보지 못했을 것이다. 그게 뭐 대수야! 데이비드는 레슬리도 봤는지가 궁금했다. 하지만 곧 레슬리가 봤는지 못 봤는지는 중요하지 않다는 것을 깨달았다. 어차피 봤다고 할 테니까.

그게 무슨 대수라고. 레슬리나 다른 사람들이 뭐라고 말하든 거기에 신경 쓸 이유가 없지 않은가?

마침내 종이 울렸을 때, 데이비드는 다른 사람들의 눈길을 끌지 않는 한도 내에서 최대한 빠르게 움직여 교실 밖으로 나갔다.

누가 데이비드의 어깨를 툭툭 쳤다. 데이비드는 뒤를 돌아보았다.

파란색 선글라스를 낀 래리 클라크스데일이 말했다.

"너랑 네 친구들은 자기들이 아주 멋있다고 생각하지. 그래도 난 최소한 크레마예라를 내리고 돌아다니지는 않아."

데이비드는 어제 로저가 담배를 피울 수 있도록 스콧과 랜디가 래리에게 화장실을 못 쓰게 한 일을 떠올렸다.

"그런데도 너희가 나한테 변태라고 했어."

"난 너한테 변태라고 한 적 없어."

"네 친구들이 그랬잖아."

"걔들은 내 친구가 아니야."

"아니야?"

"아니야."

"그렇구나. 어, 난 걔들이 다 쪼다라고 생각해."

데이비드는 뒤로 돌아 사물함을 향해 걸어갔다. 래리는 계속 데이비드 옆에서 걷고 있었다.

래리가 말했다.

"사실 다들 아무것도 보지 못했어. 너는 계속 반 아이들한테 등을 돌리고 있었잖아."

데이비드가 말했다.

"구티에레스 선생님은 보셨어."

"선생님은 본 것으로 안 쳐. 남아메리카에서 오셨잖아."

"그래서?"

"남아메리카는 여기하고 달라. 거기에서는 사람들이 늘 알몸으로 다녀."

"네가 어떻게 알아?"

"예전에 거기에서 살았거든. 베네수엘라에서. 아홉 살 때. 나는 늘 벗고 다니는 사람들을 보곤 했어. 남자애들이든 여자애들이든."

래리는 어깨를 으쓱하고는 내처 말했다.

"별거 아니야. 그냥 익숙해져."

데이비드가 속삭이는 목소리로 물었다.

"벗은 여자애들을 봤어?"

"스물세 명. 우리는 미국인 구역에 살아서 사람들이 대부분

옷을 입고 다녔는데, 드라이브를 가면 열서너 살이 될 때까지
도 벗고 다니는 아이들을 볼 수 있었어.”

“우아.”

래리는 빙긋이 웃었다.

“난 사진도 갖고 있어.”

“정말?”

“스물세 명 다는 아니고. 열두 명만. 부모님한테는 풍경 같
은 것을 찍는 척했지만 사실은 벗은 여자애들을 찍고 있었어.”

데이비드는 하하 웃었다.

“그때는 내가 꼬맹이였잖아. 이제는 별거 아니야. 그러니까
일단 벗은 여자 스물세 명을 보고 나면 그냥 별거 아닌 일이
돼.”

“그렇지.”

데이비드는 마치 벗은 여자 스물세 명을 본 것처럼 맞장구를
쳤다.

“내일 사진들을 가져올 수도 있어. 만약 네가 보고 싶다면.”

데이비드는 어깨를 으쓱했다.

“당연히.”

그는 별것 아니라는 듯이, 마치 그냥 사진에 관심이 있어서
그 사진들을 보고 싶다는 듯이 말했다.

"좋아, 내일 가져올게."

"좋아."

"그럼 내일 보자."

"잘 가."

"잘 가, 데이비드."

데이비드는 스페인어책을 사물함에 넣었다. 이미 숙제를 모두 했기 때문에 집에 가져가야 할 책은 한 권도 없었다.

학교에서 집으로 반쯤 갔을 때, 데이비드는 문득 무엇인가를 깨달았다.

'나는 베이필드 할머니의 속옷을 봤어.'

데이비드는 큰 소리로 말했다.

"난 정말로 저주를 받았어. 베이필드 할머니에게 일어난 일이 계속 나한테 일어나고 있어."

데이비드는 생각했다.

'이건 멍청한 생각이야. 베이필드 할머니가 나한테 한 일은 하나도 없어. 나는 체육 시간이 끝나고 너무 허둥대다 지퍼 잠그는 것을 까먹었을 뿐이야.'

데이비드는 마법을 믿지 않았다. 그는 커서 과학자가 되고 싶었다. 모든 것에는 논리적이고 과학적인 설명이 있다는 것을 알고 있었다. 저주니 점성술이니 포춘 쿠키(미국, 유럽 등지의 중국 음식점에서 후식으로 주는 과자로, 안에 운세가 적힌 쪽지가 들어 있음: 옮긴이)니 하는 것들을 믿지 않았다.

물론 베이필드 할머니에게 일어난 일 중 몇 가지가 그에게도 일어난 것은 사실이지만, 그것은 우연의 일치일 따름이었다. 수많은 사람들에게 수많은 일이 일어나는 세상에서 우연의 일치는 이따금 일어나기 마련이다.

데이비드는 하늘을 올려다보면서 베이필드 할머니이든, 신이든, 악마든 또는 저주를 관장하는 그 누구든 들으라고 외쳤다.

"좋아, 딱 한 가지만 더! 나한테 나쁜 일이 딱 한 가지만 더 일어나면 나에게 저주가 내렸다는 것을 믿을게요."

데이비드는 자기에게 벼락이 치거나 머리로 레모네이드가 쏟아지는 일이 일어나기를 몇 초 동안 기다렸다.

아무 일도 일어나지 않았다.

데이비드는 두 발짝 걷다가 다시 멈춰 섰다. 어떤 냄새가 났다.

데이비드는 신발 밑창을 확인했다. 아니나 다를까, 그것을 밟았다!

데이비드 뒤로 인도에 있는 그것과 그것에 찍힌 발자국이 보였다. 데이비드는 웃었다.

“이건 저주로 안 쳐. 이건 베이필드 할머니하고 아무 상관이
없어. 전에도 밟은 적이 있어.”

데이비드는 하늘을 올려다보며 큰 소리로 외쳤다.

“나는 저것을 엄청 많이 밟아 봤거든요!”

## 11

**도플갱어: 살아 있는 사람의 유령 같은 복제물.**

이것이 데이비드가 '웹스터 새 대학생 사전 9판'에서 찾은 정의였다. 데이비드는 '역류하다'라는 단어도 찾아보았다. '구토하다'를 좋게 말하는 표현인 듯했다.

데이비드는 이제 베이필드 할머니가 자기에게 한 말을 또렷하게 기억할 수 있었다. '너의 도플갱어가 네 영혼에 역류할 거야.' 나의 유령 같은 복제물이 내 영혼에 구토를 한다고?

도대체 사람의 유령 같은 복제물이 무슨 뜻일까?

데이비드는 자신에게 일어난 모든 일들을 생각해 보았다. 창문을 깬 것, 의자에서 뒤로 넘어진 것, 엄마에게 가운뎃손가락을 올려 보인 것, 지퍼.

그런 일들이 일어나게 할 수 있는 사람은 딱 한 명뿐이었다. 베이필드 할머니는 아무것도 하지 않았다. 모든 것은 데이비드가 직접 한 것이었다.

과연 그럴까? 어쩌면 그렇지 않을 수도 있었다. 혹시 그의 도플갱어가 한 일은 아니었을까?

무슨 일이 벌어지고 있든지 간에, 누군가가 그의 영혼에 구토를 하고 있는 것만은 확실해 보였다.

# 12

윌리엄스 양은 맥팔랜드 선생님이 하는 말을 듣고 있지 않았다. 그림을 그리고 있었다. 데이비드는 윌리엄스 양이 무슨 그림을 그리고 있는지 볼 수는 없었지만, 그 아이가 이따금 그림 그리는 것을 멈추고는 자기 그림을 보면서 피식 웃는 걸로 보아 재미있는 그림인 것은 틀림없다고 생각했다.

윌리엄스 양은 맥팔랜드 선생님이 자기를 볼 때마다 고개를 꼿꼿이 들고는 선생님을 똑바로 쳐다보았다. 하지만 선생님이 다른 쪽을 보자마자 피식 웃고는 계속 그림을 그렸다.

데이비드는 걱정스럽게 시계를 바라보았다. 그는 자신이 윌리엄스 양에게 어떤 말을 하고 싶어 하는지 정확히 알고 있었다. 다만 그 말을 할 용기가 나기를 바랄 뿐이었다.

종이 울렸다. 데이비드는 윌리엄스 양이 그림을 가방에 넣는 동안 자리에 계속 앉아 있었다. 그리고 윌리엄스 양이 일어서기를 기다린 다음, 둘이 동시에 문에 다다르도록 걷기 시작했다.

"좋은 아침, 윌리엄스 양."

데이비드는 윌리엄스 양에게 눈길을 주지 않은 채 말했다.

윌리엄스 양이 대꾸했다.

"좋은 아침, 밸린저 군."


래리가 데이비드의 사물함 앞에서 기다리고 있었다.

"가져왔어."

래리는 점퍼 주머니를 툭툭 쳤다. 파란색 선글라스를 쓰고 긴 머리를 빗지 않은 모습이 꼭 마약상 같았다.

데이비드는 지켜보고 있는 사람이 없는지 확인하기 위해 두리번거렸다. 둘은 건물 바깥으로 걸어 나갔다.

래리는 벗은 여자 사진 열한 장을 가지고 있었다.

"열두 장이 있는 줄 알았어. 나머지 한 장은 어떻게 됐는지 모르겠네."

"괜찮아."

데이비드는 고개를 돌려 주위에 아무도 없는지 힐끔 확인한

다음 래리한테서 사진을 받았다.

사진은 움직이는 차 안에서 아홉 살짜리 아이가 찍은 것들이라 초점이 잘 맞지 않았다. 하지만 벗은 여자아이들 사진이라는 것은 확실했다. 대부분의 여자아이들은 일곱 살 아래 정도로 상당히 어렸지만, 적어도 열네댓 살은 되어 보이는 여자도 두 명 정도 있었다.

벗은 여자들뿐만 아니라 주변 환경도 볼 수 있었다. 흙과 쓰레기와 무너져 가는 판잣집. 데이비드는 자신이 역겹게 느껴졌다. 이 불쌍한 사람들은 옷을 살 돈조차 없는데, 자신은 그들을 보면서 쾌감을 느끼고 있었다.

그럼에도 불구하고 데이비드는 사진들을 계속 보았다.

바둑강아지와 놀고 있는 아홉 살 정도 되어 보이는 여자아이의 사진이 한 장 있었다. 그 아이는 머리가 길고 지저분하고 머리부터 발끝까지 꼬질꼬질했지만, 데이비드가 지금까지 본 얼굴 중 가장 행복해 보이는 얼굴이었다. 그리고 자지러지게 웃고 있었다.

데이비드가 물었다.

"얘도 지금 우리 나이쯤 됐겠지? 어?"

"그래, 그럴 거야."

"이름이 뭔지 궁금하네."

"카르멜리타."

"얘를 아니?"

"아니. 그냥 내가 지어 준 이름이야. 왠지 카르멜리타처럼 생겼잖아."

데이비드는 고개를 끄덕였다.

"지금 뭐 하고 있는지 궁금하네. 거기 여자애들도 학교에 다니지?"

"나도 몰라. 학교에 다니는 애들도 있고 안 다니는 애들도 있어."

둘은 사진을 물끄러미 바라보았다.

래리가 말했다.

"지금도 행복했으면 좋겠다."

"그래, 그러면 좋겠네."

데이비드는 그렇게 말했지만, 그것은 거의 불가능해 보였다. 저런 가난 속에 살면서 어떻게 지금까지 행복할 수 있겠는가?

"저 사람들은 개 안 먹지? 그렇지?"

"아마 안 먹을 거야. 얘는 아마 저 개를 지금도 데리고 있을걸."

"그럼 지금까지 행복할 수도 있겠네."

데이비드는 갑자기 자신의 모든 고민거리가, 특히 이른바 저주라는 것이 매우 작고 하찮아 보였다.

래리가 말했다.

"가끔은 다시 베네수엘라로 가서 이 아이를 찾으면 좋겠다는 생각이 들어. 그러면 돈을 좀 줄 수도 있을 테고."

데이비드가 말했다.

"그러면 정말 좋겠다! 아니면 미국으로 데려올 수 있을지도 몰라. 우리 둘 중 한 명의 집에 살면서 같이 학교에 다닐 수도 있을 거야. 그 개를 계속 키우도록 허락받을 수 있을지는 잘 모르겠지만."

"얘를 찾을 방법도 모르는데, 뭐."

래리는 데이비드에게서 사진 뭉치를 다시 가져갔다. 그러고는 불쑥 물었다.

"너 이 사진들 가질래?"

데이비드는 고개를 가로저었다.

래리는 카르멜리타 사진만 빼고 모두 쓰레기통에 버렸다. 카르멜리타 사진은 점퍼 주머니에 다시 넣었다.

## 13

데이비드가 말했다.

"이건 하트가 아니야. 사과야. 사과 모양의 치즈용 도마라고."

데이비드는 자기 작품의 거친 모서리를 사포로 문질렀다.

모가 말했다.

"하트같이 생겼어."

모는 개집 입구에 이름패를 달기 위해 망치질을 했다. 땅! 땅! 탁!

"젠장!"

모는 엄지손가락을 입에 넣은 채 폴짝폴짝 뛰었다.

데이비드가 물었다.

"다쳤니?"

모는 입에서 엄지손가락을 꺼내 위아래로 세차게 흔들었다.

"아니, 느낌 좋아. 나는 망치로 나를 때리는 게 좋아."

데이비드는 빙긋이 웃었다.

"벽에 계속 머리를 박은 그 사람 같네. 왜 계속 그렇게 하느냐고 물어봤더니, '멈췄을 때 기분이 좋아서요.'라고 대답했잖아."

모가 데이비드를 빤히 보며 물었다.

"그걸 지금 농담이라고 한 거야?"

데이비드는 어깨를 으쓱했다.

그러고 나서는 모가 개집에 달아 놓은 이름패를 바라보았다. 커다란 뼈다귀 모양이고 검은색 글씨로 크게 '킬러'라고 쓰여 있었다.

데이비드는 하트가 되어 버린 사과 모양의 치즈용 도마 작업에 다시 정신을 집중했다.

"데이비드, 그동안 어디 있었어?"

랜디가 앨빈과 함께 데이비드의 작업대에 기대서 있었다.

데이비드는 앨빈을 올려다보며 심드렁하게 말했다.

"안녕."

랜디가 물었다.

"친구, 그동안 어디에 있었어? 왜 놀러 안 왔어? 다들 너한 테 무슨 일이 있는지 궁금해했어."

데이비드가 우물우물 말했다.

"퍽이나 그랬겠다."

랜디가 말했다.

"특히 레슬리가 궁금해했어."

랜디는 데이비드에게 윙크를 하고는 이렇게 덧붙였다.

"너를 좋아하는 것 같아."

앨빈이 말했다.

"맞아. 오늘 쉬는 시간에 걔가 '데이비드는 어디 있어? 걔는 정말 잘생긴 것 같아!'라고 했어."

랜디가 말했다.

"내 생각에는 네가 지퍼를 내리고 수업에 들어왔을 때였던 것 같아. 그때 걔가 너한테 반한 것 같아."

랜디와 앨빈이 하하 웃었다.

데이비드가 말했다.

"나 좀 그냥 내버려 둬, 응?"

랜디가 말했다.

"야, 왜 그래? 걔가 마음에 안 들어?"

앨빈이 말했다.

"너의 그 곱슬머리 덕분이야. 걔는 곱슬머리 남자를 좋아하거든."

앨빈은 한 손으로 데이비드의 머리를 쓰다듬었다.

데이비드는 앨빈의 팔을 밀쳤다.

그러자 앨빈이 데이비드의 몸을 밀쳤다.

랜디가 데이비드의 치즈용 도마를 집어 들고는 말했다.

"야, 이것 봐. 레슬리 주려고 하트를 만들었네. 네가 원한다면, 내가 점심시간에 전해 줄게."

데이비드는 도마를 잡으려고 손을 뻗었다.

"이리 내놔."

랜디가 도마를 등 뒤로 숨기며 말했다.

"걱정 마, 데이비드. 네가 준 거라고 꼭 말해 줄게. 여기에 '레슬리에게, 사랑을 담아서 데이비드가.'라고 써 줄게."

모가 랜디의 손에서 치즈용 도마를 낚아채며 말했다.

"이건 하트가 아니야, 이 바보 천치야! 사과란 말이야."

랜디는 모에게 한 발짝 다가갔지만 모가 망치를 들자 생각을 바꾸었다.

앨빈이 물었다.

"데이비드, 너 무슨 문제 있니? 너를 지켜 줄 여자가 있어야 되는 거야?"

그러고는 한마디 덧붙였다.

"그런데 여자가 맞긴 맞나?"

랜디가 말했다.

"여자인지 남자인지 나도 잘 모르겠어."

둘은 깔깔 웃으며 자리를 떴다.

모가 데이비드에게 그의 작품을 건네주었다.

"고마워, 모."

"저 멍청한 애들한테는 그냥 맞서야 돼. 너를 만만하게 보도록 내버려 두면 안 돼."

데이비드는 어깨를 으쓱했다. 그는 자기가 그들에게 맞서는 것보다 모가 그들에게 맞서는 것이 훨씬 더 쉽다고 생각했다. 걔들도 여자하고 싸우지는 않을 테니까.

모가 말했다.

"그러고 보니, 정말 사과같이 생겼네. 이제 뭔지 알고 나서 보니까, 확실히 사과로 보여."

"원래는 꼭지가 있어야 하는데, 내가 실수로 잘라 버렸어. 꼭지가 있으면 훨씬 더 사과처럼 보일 텐데."

모는 맞장구를 쳤다.

"아, 맞아. 그럴 것 같네. 하지만 괜찮아. 지금도 사과 같아. 그러니까…… 모든 사과가 꼭지가 있는 건 아니잖아."

데이비드는 킬러라고 쓰여 있는 이름패가 달린 개집을 보며
물었다.

"네가 키우는 개는 어떤 종류니?"

"뭐? 아, 이거."

모는 자신의 작품을 힐끔 보았다.

"난 개 안 키워."

# 14

과학은 말이 되었다.

논리적이었다. 일관성이 있었다. 돌을 떨어뜨리면, 중력 때문에 항상 바닥으로 떨어진다. 위로 올라가는 경우는 없다. 수소 원소 두 개와 산소 원소 한 개를 결합하면 항상 물이 된다. 우유가 되는 경우는 없다.

데이비드가 가장 좋아하는 과목이 과학인 것도 바로 그 이유 때문이었을 것이다. 그의 삶의 나머지 부분들은 모두 말이 안 되는 것 같았다.

과학 선생님인 루가노 선생님이 말했다.

"데이비드, 나 좀 도와주겠니?"

루가노 선생님은 종종 데이비드에게 실험을 도와 달라고 했

다. 화학 물질은 위험하지만, 데이비드는 믿을 만한 학생이었
다. 어떤 아이들은 실험을 도와 달라는 부탁을 받자마자 미치
광이 과학자로 변해 버렸다.

교실 앞으로 걸어 나가는 데이비드에게 스콧이 속삭였다.

"야, 밸린저, 너 지퍼 열렸어."

데이비드는 아래를 내려다보지 않았다.

오늘은 크레마예라를 내리고 스페인어 수업에 들어간 지 사
흘이 지난 금요일이었다. 스콧과 그의 친구들은 데이비드를 볼
때마다 지퍼를 올리라는 타령을 했다. 데이비드가 아래를 내
려다보면 그들은 깔깔 웃었다. 데이비드가 아래를 내려다보지
않으면, 내려다볼 때까지 지퍼를 열고 돌아다니기 좋아하는
변태라고 놀려 댔다. 그래서 결국 내려다보면, 다들 깔깔 웃었
다.

데이비드는 만약 스콧만 없으면 그 아이들이 자기를 놀리지
않았을 것 같은 느낌이 들었다. 스콧이 인기를 얻기 위해 자신
을 이용하는 것 같았다. 스콧이 데이비드를 놀리면 놀릴수록
다른 아이들은 스콧을 더 좋아했다.

루가노 선생님은 이상한 냄새가 나는 화학 물질이 담긴 비커
를 데이비드에게 건네주면서 여섯 개의 시험관에 반씩 채우라
고 했다.

여러 명의 아이들이 웃는 소리가 들렸다.

혹시 지퍼가 내려간 것일까? 데이비드는 걱정되었다. 하지만 절대로 아래를 내려다보지 않을 작정이었다. 만약 교실 앞에 서서, 이번에는 반 전체를 마주 본 상태에서 지퍼가 열려 있으면 어떡하지? 하지만 그는 여전히 아래를 내려다보지 않았다. 열려 있을 테면 열려 있으라지, 뭐. 이미 엎질러진 물이었다.

데이비드가 시험관에 화학 물질을 계속해서 붓는 동안 웃음소리가 점점 더 커졌다.

앞줄에 앉아 있는 여자아이가 물었다.

"이게 무슨 냄새야?"

다른 아이가 말했다.

"썩은 달걀 냄새 같아!"

그것 때문일 수도 있었다. 아이들은 단지 냄새 때문에 웃고 있는 것일지도 몰랐다.

데이비드는 카르멜리타 생각을 하려고 애썼다. 그는 우울할 때마다 그 여자아이 생각을 했다. 그 아이의 문제들에 비하면 자신의 문제들은 너무도 하찮았다. 그런데도 그 아이는 자지러지게 웃고 있었다.

머릿속에서 카르멜리타의 얼굴이 없어지고, 갑자기 얼굴에 레모네이드를 뒤집어쓴 채로 뒤로 넘어진 흔들의자에 등을 대고 누워 있는 베이필드 할머니의 모습이 떠올랐다.

데이비드의 손에서 비커가 미끄러져 시험관으로 떨어졌고, 실험 도구 전체가 바닥으로 떨어졌다.

썩은 달걀 냄새가 최루탄처럼 교실 전체로 퍼졌다.

"모두들 밖으로 나가! 지금 당장!"

루가노 선생님이 명령했다.

학생들은 구역질과 기침을 하면서 서둘러 밖으로 나갔다. 하지만 구역질과 기침보다는 웃음이 더 많았다.

루가노 선생님이 말했다.

"되도록이면 숨 쉬지 마!"

데이비드는 아래를 내려다보았다. 바지 지퍼는 단단히 잠겨 있었다. 그는 한 손으로 코와 입을 막고 교실 밖으로 뛰어나갔다.

아스팔트 위에서 루가노 선생님은 무슨 일이 일어난 것인지 설명했다. 선생님은 방금 일어난 화학 반응과 분자들이 어떻게 공기 중으로 퍼져 냄새가 났는지에 대해 설명했다. 모든 것이 논리적이고 과학적으로 말이 되었다.

그런데 한 가지 말이 안 되는 것이 있었다. 로저는 베이필드 할머니의 레모네이드 주전자를 깼다. 그런데 방금 데이비드가 비커를 깼다. 루가노 선생님, 이것은 어떻게 설명하실 건가요?

점심 시간, 데이비드가 래리와 점심을 먹으면서 말했다.

"다른 사람이 그랬으면 다들 재미있다고 생각했을 거야. 만약 로저 델브룩이 그랬으면 다들 진짜 멋있다고 생각했을 거야. 로저는 '내가 루가노 선생님 수업에서 냄새 폭탄을 만든 이야기 들었니?'라고 하면서 막 으스대고 다닐걸. 그런데 단지 내가 했다는 이유로 안 멋진 일이 되어 버렸어. '냄새 풀풀 나는 밸린저가 이번에는 무슨 짓을 했는지 아니?'가 돼 버린 거지."

래리는 맞장구를 쳤다.

"맞아. 누가 했느냐가 중요해. 로저나 스콧은 원하는 건 뭐든지 할 수 있고, 하는 것마다 멋진 일이 돼. 하지만 너나 내가 똑같은 일을 하면 냄새 풀풀 나는 애들이 되는 거지."

데이비드와 래리는 긴 탁자의 양쪽 끝에 마주 앉아 있었다. 그 탁자에는 둘을 빼고는 아무도 앉지 않았다. 대부분의 아이들이 점심을 먹고 난 뒤이기도 했지만, 로저가 코를 막고 지나가면서 모두에게 들리도록 '웩, 냄새 지독하다!'라고 말했기 때문이기도 했다.

래리가 데이비드에게 말했다.

"너한테서 냄새 안 나. 나는 아무 냄새도 못 맡겠어."

"확실해?"

"냄새 하나도 안 나."

래리는 거듭 확인해 주었다.

데이비드는 햄 치즈 샌드위치를 물끄러미 바라볼 뿐, 먹을 수가 없었다. 썩은 달걀 냄새가 목에 아직도 남아 있는 것 같았기 때문이다.

데이비드가 말했다.

"지금 카르멜리타는 뭘 하고 있을지 궁금하다."

래리가 턱을 괸 채로 나지막이 대꾸했다.

"틀림없이 잘 있을 거야."

희망이 섞인 말투였다.

"여기 있으면 좋을 텐데."

"그러게. 걔가 내 여자 친구가 됐을까, 아니면 네 여자 친구가 됐을까?"

데이비드가 웃으면서 대답했다.

"내 여자친구."

그러고는 진지한 목소리로 이렇게 말했다.

"꼭 우리 둘 중 한 명의 여자 친구일 필요는 없을 거야. 그냥 친구일 수도 있지. 게다가 난 이미 좋아하는 애가 있어."

"정말로?"

래리가 놀란 목소리로 말했다. 그러고는 곧바로 이렇게 말했다.

"나도 좋아한다고 할 수 있는 애가 있어."

"정말로?"

데이비드는 샌드위치를 한 입 먹었다. 샌드위치에서 썩은 달 걀 맛을 느끼지 않기 위해 정신을 엄청나게 집중해야 했다.

래리가 물었다.

"카르멜리타가 우리 둘 다 안 좋아하면 어떡해?"

데이비드가 샌드위치를 삼키다 깜짝 놀라 래리를 쳐다보았 다. 그런 생각은 해 본 적이 없었다.

래리가 물었다.

"우리를 샌님이라고 생각하면 어떡해? 만약에 여기에 와서 레슬리 길로이나 진저 라이스같이 변해 버리면 어떡하지?"

"카르멜리타는 그런 애가 아니야."

"네가 어떻게 알아?"

"그냥 그렇게 보여."

"아홉 살 때 찍은 알몸 사진을 한 장 봤을 뿐이잖아."

"걔가 웃고 있던 모습. 레슬리 길로이는 그렇게 웃어 본 적이 없어."

래리가 맞장구를 쳤다.

"맞아."

"더구나 걔는 우리를 좋아할 수밖에 없어. 거기로 가서 걔를 찾아 구해 주고 이것저것 다 해 준 사람이 우리라면 말이야."

"그럴 것 같네. 근데 만약 우리가 걔를 구해 준 사람이 아니면? 걔가 여기서 태어나고, 베네수엘라에 산 적이 없고, 부모님이 부자면? 그럼 랜디나 스콧의 여자 친구가 됐을지도 몰라."

데이비드는 고개를 저었다.

"말도 안 돼!"

"아마 카르멜리타가 여기서 태어났으면, 그렇게 웃을 수 없을지도 몰라. 미국의 예쁜 여자애들은 죄다 자동으로 거만해져. 그게 뭐 여자들 잘못도 아니지, 뭐."

"그럴 수도 있겠지. 하지만 내가 좋아하는 여자애는 예쁜데 안 거만해."

"응, 내가 좋아하는 애도 거만하지 않아. 예쁘지만, 레슬리나 진저처럼 예쁘지는 않아. 그러니까 내 말은……, 많은 애들은 걔를 이상하다고 생각하는 것 같아."

"내가 좋아하는 애도 약간은 특이해."

데이비드와 래리는 서로를 바라보았고, 동시에 같은 생각을 떠올렸다.

래리가 말했다.

"우리가 같은 애를 좋아하는 건 아니어야 할 텐데."

데이비드는 하하 웃었다.

"같은 애를 좋아하면 어때? 걔는 우리 둘 다 남자 친구로 삼고 싶어 하지도 않을 텐데!"

래리는 미소를 지으며 이렇게 말했다.

"그래, 네 말이 맞는 것 같다. 걔 같은 여자가 나 같은 남자를 좋아하는 것은 상상하기도 어려워."

래리는 하하 웃고는 내처 말했다.

"사실 어떤 여자든 나를 좋아한다고는 상상하기가 어렵지."

래리는 고개를 절레절레 젓고는 말을 이었다.

"모르겠다. 걔가 나를 좋아할지도 몰라. 가끔은 걔가 나를 좋아하는 것 같기도 해."

데이비드는 윌리엄스 양이 마주칠 때마다 '안녕, 밸린저 군.'이나 '좋은 아침, 밸린저 군.'이나 '좋은 오후, 밸린저 군.'이라고 말한 것을 생각했다. 그 아이가 자기를 좋아하지 않으면 그런 말을 하지는 않았을 것이다. 하지만 그것이 자기 여자 친구가 되고 싶다는 뜻은 아니었다.

래리가 말했다.

"그래, 걔 이름이 뭐야?"

"네가 좋아하는 여자 이름 먼저 알려 줘."

"내가 먼저 물어봤잖아."

데이비드는 입술을 깨물었다. 그리고 사실대로 말했다.

"이름을 몰라."

래리는 하하 웃었다.

"성은 알아. 윌리엄스야. 우리가 하는 일종의 게임이 있어. 마주칠 때마다 둘 다 무척 예의와 격식을 차려서 행동해. 내가 '안녕, 윌리엄스 양.'이라고 인사하면 걔도 '안녕, 밸린저 군.'이라고 인사해."

데이비드는 그 게임이 그냥 멍청한 짓인지 아니면 그 아이가 자기를 좋아한다는 뜻인지에 대해 래리의 의견을 기다렸지만, 래리는 자기가 좋아하는 여자만 생각하고 있는 듯했다.

"나는 좋아하는 애의 이름은 아는데 성을 몰라."

"어떻게 생겼는데?"

"음, 조금 작아. 자그마해. 눈은 크고 갈색이고, 머리도 갈색인데 엄청 짧아."

"내가 좋아하는 애는 머리가 길고 빨간색이야."

래리가 빙긋이 웃으며 말했다.

"음, 그것도 좋네, 뭐."

"네가 걔를 좋아하는 거, 걔도 아니?"

"아니, 난 '쿨한' 사람이야. 같이 수학 수업을 들어. 나는 늘 걔를 물끄러미 바라보지만, 내 선글라스 덕분에 걔는 내가 어디를 보고 있는지 몰라."

갑자기 래리의 볼이 빨갛게 달아올랐다.

"쟤야!"

데이비드는 뒤를 돌아보았다.

"어디?"

"빤히 보지 마. 지금 도서관 문 쪽으로 걸어가고 있어. 방금 문 앞을 지나갔어. 티 나게 쳐다보지 마."

데이비드는 눈에 띄지 않도록 애쓰면서 여자아이를 바라보았다. 그러고는 자신이 잘못 보지 않았는지 확인하기 위해 두 번이나 다시 봐야 했다.

"쟤? 쟤 나하고 기술 수업 같이 들어. 나하고 같은 작업대를 써."

"우아, 너 정말 운이 좋구나! 쟤 예쁘지 않니? 그리고 진짜 웃겨."

"어, 그렇지. 사실 나는 한 번도 쟤를 그렇게 생각해 본 적은 없어. 그러니까 내 말뜻은, 기술 수업 때 쟤가 항상 망치질이나 뭐 그런 것을 하고 있었기 때문인 것 같아."

래리는 한숨을 쉬었다.

"머리가 저렇게 짧지 않으면……."

래리가 데이비드의 말을 자르며 말했다.

"나는 저런 머리가 좋아. 프랑스에서는 여자애들이 저렇게 하고 다녀."

"네가 어떻게 알아?"

"예전에 거기 살았어."

"베네수엘라에 살았다면서."

"베네수엘라를 떠나서 프랑스로 이사 갔어. 모를 보면 매일 아침 파리에 있는 카페에서 봤던 여자가 떠올라."

## 15

 

학교가 끝난 뒤 집으로 가면서 데이비드는 기분이 무척 나빴다. 그때 느닷없이 윌리엄스 양이 나타났다. 데이비드는 자전거 보관대를 지나가고 있었고, 윌리엄스 양은 허리를 숙여 자물쇠를 만지작거리고 있었는데 마침 자전거에 가려 보이지 않았다. 데이비드는 윌리엄스 양이 뚜껑을 열면 인형이 튀어 나오는 장난감 상자처럼 갑자기 나타날 때까지 윌리엄스 양을 보지 못했다.

"좋은 하루, 밸린저 군."

완전히 무방비 상태에서 당한 일이라 데이비드는 무슨 말을 해야 할지 몰랐다.

윌리엄스 양은 혼이 달아난 것 같은 데이비드의 표정이 재미

있다는 듯이 빙그레 웃었다.

이윽고 데이비드가 말했다.

"좋은 하루, 윌리엄스 양."

윌리엄스 양은 자전거에 훌쩍 올라타고는 떠났다.

데이비드는 미소를 지으며 윌리엄스 양이 가는 모습을 지켜보다가, 자신이 과학 시간에 겪은 낭패에 대해 윌리엄스 양이 어떻게 생각하는지가 궁금해졌다. 그 일을 모를 수는 없었다. 아마도 로저가 점심시간에 '웩, 냄새 지독하다!'라고 말하는 것까지 들었을 것이다. 그리고 그때 데이비드는 아무 행동도 하지 못했다. 그냥 앉아만 있었다.

집으로 가면서 데이비드는 다음에 윌리엄스 양이 불쑥 나타나면 어떤 말을 할 수 있을지 곰곰이 생각해 보았다. 결국 '오늘 날씨가 참 좋네.'로 결정했다.

데이비드는 대화를 상상해 보았다.

'좋은 오후, 윌리엄스 양.'

'좋은 오후, 밸린저 군.'

'오늘 날씨가 참 좋네.'

'그러게. 정말 상쾌하네. 그렇지?'

그때 비가 퍼붓고 있다 하더라도 상관없을 것이다. 아니, 오히려 더 재미있을 것이다.

데이비드는 윌리엄스 양에게 말할 때 살짝 들어 올릴 수 있
도록 모자를 쓰고 학교에 가는 것까지 생각해 보았다.

중학교에서 일어나는 온갖 쓰레기 같은 일 가운데에서, 윌리
엄스 양에게 '안녕, 윌리엄스 양.'이라고 말하고 그 답으로 '안
녕, 밸린저 군.'이라는 말을 듣는 것은 너무나 좋았다. 서로를
윌리엄스 양과 밸린저 군으로 부르고 격식을 차려 말하는 것
은 둘만의 장난이었다. 매우 웃기기도 했지만 굉장히 기분 좋
은 일이기도 했다.

데이비드는 스스로 의식하지 못하는 가운데 주말 내내 윌리
엄스 양 생각을 무척 많이 했다. 어떤 특별한 점에 대해 생각
한 것은 아니었다. 그저 그 아이가 머릿속 공간을 다 차지하고
있었다.

리키가 데이비드를 재촉했다.

"형 차례야."

"응?"

데이비드는 체스 판을 내려다보았다.

"아."

데이비드는 보통 사람처럼 말해 보면 어떨까 하는 생각을 했
다. 다음 달에 열리는 학교 스케이트 파티에 같이 가자고 할 수
도 있지 않을까?

"형 차례야."

"어? 아."

데이비드는 비숍을 움직였다.

물론 그 아이가 인사를 했다고 해서 학교 스케이트 파티에 함께 갈 만큼 데이비드를 좋아한다는 뜻은 아니었다. 데이비드는 그 아이의 이름조차 몰랐다.

만약 보통 사람처럼 말하면 그 아이가 데이비드를 좋아하지 않을 수도 있었다. 데이비드는 그런 위험을 무릅쓸 수는 없었다. 자신의 삶에서 유일하게 좋은 것을 망치고 싶지 않았다. 최소한 지금은 그 아이에 대해 환상을 품을 수는 있었다. 잔디밭에서 그 아이 옆에 누워, 그 아이의 주근깨를 세고, 같이 웃고, 손을 잡은 채 사람이 없는 해변을 걷고. 데이비드는 환상마저 잃고 싶지는 않았다.

리키가 말했다.

"체크."

게다가 저주는 어떤가? 데이비드는 저주를 믿지 않았지만, 그래도 저주를 당했을 가능성이 조금이라도 있는 한 윌리엄스 양에게 어떤 시도를 하는 위험을 무릅쓸 수는 없었다. 실수로 그 아이의 머리에 레모네이드를 퍼붓기라도 하면 어떡한단 말인가?

그 일은 아주 쉽게 일어날 수 있었다. 스케이트 파티에는 늘 음료수가 나오니까. 아마 레모네이드도 있을 것이다. 그리고 그 아이가 '나 목말라, 밸린저 군. 레모네이드 한 잔 갖다줄 수 있어?'라고 말할 것이다. 그러면 그는 당연히 가지러 가야 할 테고, 스케이트를 잘 타지도 못하니, 정신을 차려 보면 균형을 잃고 그 아이 위로 넘어져 얼굴에 레모네이드를 퍼붓고 있을 것이다.

리키가 의기양양하여 외쳤다.

"체크 메이트(체스에서 킹을 잡게 된 상황에서 하는 말: 옮긴이)!"

데이비드는 체스 판을 살펴보았다. 킹이 움직일 길이 없었다.

리키가 외쳤다.

"믿을 수 없어! 체스에서 형을 이기다니!"

리키는 다 알고 있다는 듯이 데이비드를 향해 빙그레 웃었다.

"일부러 져 줬지? 그렇지?"

"아니, 네가 정정당당하게 이겼어."

"믿을 수 없어! 잠깐만. 엄마, 아빠한테 말하고 올게!"

리키가 온 집 안을 뛰어다니며 엄마와 아빠에게 자기가 어떻게 체스에서 형을 이겼는지 자랑하는 소리가 들렸다. 심지어 엘리자베스한테도 말했다.

데이비드는 생각했다.

'내가 창문을 깼어. 내가 의자에서 뒤로 넘어졌어. 내가 지퍼 올리는 것을 잊어버렸어. 베이필드 할머니는 내게 아무것도 하지 않았어. 다 내가 스스로 한 거야.'

어쩐 일인지 이렇게 생각해도 기분이 나아지지 않았다.

데이비드는 마음속으로 다짐했다.

'어쨌든 한 가지는 장담할 수 있어. 나는 절대로, 절대로, 절대로 내 머리에 레모네이드를 붓지 않을 거야.'

# 16

모의 개집이 완성되었다. 모는 이렇게 투덜거렸다.

"이 한심한 물건을 어떻게 집에 가져가야 할지 모르겠어."

데이비드는 턱을 괴고 앉아 있었다. 교실에서 일어난 일 때문에 아직도 기분이 좋지 않았다. 그는 킬러라는 이름패가 걸린 모의 거대한 작품을 힐끔 보았다.

데이비드는 개를 키우지도 않는데 왜 개집을 만들었느냐고 물어보고 싶었지만, 괜한 오해를 살까 봐 묻지 않았다.

"가져가는 것 내가 도와줄게."

모는 흠칫 놀라며 데이비드를 바라보았다.

"네가?"

데이비드는 자기가 도와준다는 것에 모가 놀란 것인지, 아니면 자기를 묵직한 나무 개집도 못 들 정도로 약골로 보기 때문에 놀란 것인지 아리송했다.

데이비드가 음흉하게 말했다.

"내 친구도 한 명 도와줄 수 있을 거야. 래리 클라크스데일. 누군지 아니?"

모는 아까보다 더 놀라는 눈치였다.

"래리 클라크스데일? 응, 그래. 누군지 아는 것 같아."

데이비드는 모의 목소리나 표정에서 뭔가를 읽어 내려 했지만 아무것도 알아내지 못했다.

데이비드가 말했다.

"걔는 항상 파란색 선글라스를 쓰고 다녀."

모는 미소를 지었다.

데이비드는 이번에도 모가 웃은 것이 래리를 좋아하기 때문인지, 아니면 그의 선글라스가 웃기다고 생각하기 때문인지 아리송했다.

"그럼 학교 끝나고 여기서 만나면 되니?"

"그래."

"나하고 래리하고 올게."

모가 자신의 작품을 뚫어지게 보면서 말했다.

"그래."

데이비드는 래리를 돕게 된 것이 기뻐서 싱긋 웃었다. 그리고 모를 바라보면서 파리의 카페에 앉아 있는 모의 모습을 그려 보려 했지만 상상이 되지 않았다. 물론 파리의 카페를 본 적도 없었다.

데이비드가 우울했던 이유는, 오늘 아침에 교실에서 윌리엄스 양에게 '좋은 아침.'이라고 인사했는데, 윌리엄스 양이 '좋은 아침, 밸린저 군.'이라고 대답은 했지만, 딴생각을 하는 데 방해받고 싶지 않은 듯한 표정을 보였기 때문이었다. 윌리엄스 양은 또 슬퍼 보이기도 했다.

데이비드는 '오늘 날씨가 참 좋네.'라고 말하지 않았다. 갑자기 그게 너무 바보 같은 행동처럼 느껴졌기 때문이다.

데이비드는 이런 일 때문에 우울해지는 것이 어리석다는 것을 알았다. 윌리엄스 양은 단지 피곤하거나 월요병에 걸린 것일 수도 있었다. 아니면 자신과 아무 관계 없는 어떤 일에 신경을 쓰고 있을 수도 있었다. 일어날 수 있는 일은 많았다. 데이비드는 윌리엄스 양의 생활에 대해 아무것도 몰랐다. 그 아이가 어떤 것에 마음을 쓰고 있는지 어떻게 알 수 있겠는가? 주말에 무슨 일을 했는지 어떻게 알 수 있겠는가?

하지만 윌리엄스 양에게 인사하고, 윌리엄스 양이 '안녕, 밸린저 군.'이라고 말하는 것을 듣는 일은 데이비드에게 하루의

하이라이트였다. 데이비드는 그것이 윌리엄스 양에게도 하루
의 하이라이트이기를 바랐지만, 어쩌면 윌리엄스 양에게는 아
무 의미 없는 일일 수도 있었다.

랜디가 코를 움켜쥐면서 말했다.

"웩! 이게 무슨 고약한 냄새야? 아, 데이비드구나!"

앨빈이 깔깔 웃었다.

데이비드는 그들을 애써 무시했다.

랜디가 물었다.

"그냥 다른 학교로 전학 가지 그래? 왜 이 학교에 냄새를 퍼
뜨리고 다녀?"

모가 말했다.

"걔 좀 가만 내버려 둬. 너희한테 아무 짓도 안 했잖아."

앨빈이 말했다.

"얘가 금요일에 전교에 냄새를 퍼뜨렸어. 아직도 냄새가 난
단 말이야!"

모가 말했다.

"나는 랜디가 방귀 뀐 줄 알았지."

데이비드가 하하 웃었다.

랜디가 다그쳤다.

"넌 왜 웃는 거야?"

데이비드는 웃음을 멈추었다.

모가 말했다.

"너 보고 웃고 있잖아, 방귀 대장아."

랜디가 모를 향해 한 발짝 다가왔지만 모는 꿈쩍도 하지 않았고, 결국 랜디가 물러섰다.

"가자, 앨."

랜디는 앨빈을 데리고 다른 곳으로 갔다.

그들이 모두 떠난 뒤, 모가 데이비드에게 말했다.

"너는 저 쪼다들한테 맞서야 해."

"그래, 너한테는 그게 쉽겠지. 여자니까."

"왜?"

"왜냐하면, 랜디가 여자를 때리지는 않을 테니까."

"아, 그렇구나. 랜디가 엄청 신사였구나."

데이비드는 배시시 웃었다. 그는 랜디에게 방귀 대장이라고 말한 사람이 자기였으면 참 좋겠다고 생각했다. '넌 왜 웃는 거야?'라고 랜디가 묻고, '너 보고 웃고 있잖아, 방귀 대장아!'라고 말하고. 참 멋졌을 텐데. 하지만 데이비드는 자신이 절대 그런 말을 하지 못하리라는 것을 알았다. 랜디가 무섭기 때문만은 아니었다. 자기 입에서 그런 말이 나오는 것 자체가 상상이 되지 않았다.

점심시간에 데이비드는 래리에게 모의 개집을 옮기는 것을 도와주기로 한 것에 대해 말했다.

래리가 물었다.

"내가 누구인지 걔가 알고 있었니?"

데이비드는 고개를 끄덕였다.

"네 파란색 선글라스를 기억하더라."

래리는 싱그레 웃으며 말했다.

"내 선글라스."

그러고는 선글라스의 코걸이 부분을 톡톡 치며 말했다.

"그래, 완전히 멋지지. 걔가 또 무슨 말 했어? 나에 대해 다른 이야기도 했어?"

데이비드는 모와 나눈 대화를 한 단어도 빼지 않고 그대로 말해 주었다.

래리는 귀를 쫑긋 세우고 들으면서 몇 번이나 '흠…….' 하는 소리를 냈다.

데이비드는 또 랜디와 앨빈에 대해 그리고 방귀에 대해 모가 한 말을 래리에게 들려주었다.

래리가 말했다.

"내가 말했잖아. 걔 재미있다고. 예쁜 데다 성격까지 좋아."

점심시간이 끝날 때까지 래리는 모와의 '데이트'에 대해 호

들갑을 떨다가도 순식간에 조 쿨(찰리 브라운과 애완견 스누피가 나오는 만화 영화 《피너츠》에서 스누피가 변장한 대학생으로 늘 선글라스를 쓰고 여자들을 찾아 돌아다님: 옮긴이)처럼 굴면서 별일 아니라는 듯이 행동하기를 반복했다. 그러더니 점심시간이 거의 끝나 갈 무렵 불쑥 이렇게 선언했다.

"난 안 갈래."

"뭐라고?"

"내가 도와줄 거라고 말하기 전에 먼저 나한테 물어봤어야지. 내가 다른 계획이 없는지 네가 어떻게 알고?"

"무슨 다른 계획?"

"다른 계획이 있다는 게 아니야. 내가 다른 계획이 있을 수도 있다는 거지. 내가 다른 사람의 개집을 집까지 옮겨 줄 수도 있잖아."

"나는 네가 모와 함께 집에 가는 걸 좋아할 줄 알았지."

"흠, 네가 틀렸어."

"그럼 난 이제 어떡해? 나하고 모 둘이 들기에는 개집이 너무 큰데."

"그건 네 문제지. 아, 알았어. 도와줄게. 하지만 모를 도와주는 게 아니야. 너를 도와주는 거지."

"그래."

"그래."

스페인어 수업이 끝난 뒤, 데이비드와 래리는 사물함에 책을 넣어 두고 기술 교실로 걸어갔다. 모가 개집을 옆에 세워 두고 작업대 위에 앉아 있었다.

데이비드가 말했다.

"안녕."

모가 말했다.

"안녕. 래리, 안녕."

래리는 끙 하고 앓는 소리를 냈다. 그러고는 주머니에서 두 손을 꺼내 비비면서 말했다.

"그래, 그 개집이 어디 있다고?"

모는 미친 사람 보듯이 래리를 쳐다보았다.

데이비드가 말했다.

"여기 작업대 위에 있잖아."

래리가 말했다.

"아, 그래, 그렇구나. 그럼 시작하자."

모가 작업대에서 내려와 말했다.

"그 짙은 색 선글라스를 벗으면 더 잘 보일지도 몰라."

래리가 말했다.

"야, 나는 절대 선글라스 안 벗어."

개집의 앞부분은 문을 만들기 위해 대부분 잘라 냈기 때문에 뒷부분이 가장 무거웠다. 래리와 데이비드는 뒷부분을 들었고, 모는 앞을 바라보면서 앞부분을 들고서 앞장섰다. 모의 머리 바로 위에 '킬러'라는 이름이 보였다.

세 아이는 겨우겨우 문을 빠져나갔다.

운동장을 반쯤 지나갔을 때, 개 짖는 소리가 들리기 시작했다.

처음에는 앨빈과 랜디뿐이었다.

앨빈은 새된 소리로 멍멍 멍멍 짖었다.

랜디는 으르렁으르렁 소리에 가까웠다.

두 아이는 뒤로 걸으면서 모의 얼굴에 대고 짖어 댔다.

데이비드는 래리를 힐끔 보았다. 래리도 데이비드를 보았다. 데이비드는 자신이 맡은 귀퉁이를 들고 계속 걸어가는 것 말고 달리 어떻게 해야 할지 몰랐다.

로저와 스콧이 가세했다.

스콧이 울부짖는 소리를 냈다.

"아오오오오옵."

로저도 짖어 댔다.

"컹, 컹, 컹!"

주위에 있는 다른 아이들이 웃는 소리가 데이비드의 귀에 들렸다. 그중 몇몇은 한두 번씩 개 짖는 소리를 내기도 했다. 데이비드는 그 아이들 가운데 윌리엄스 양이 있는지 궁금했다.

로저가 소리쳤다.

"야, 데이비드, 바지 지퍼 열렸다!"

웃음소리가 더 커졌다.

데이비드는 지퍼가 잠겨 있다고 거의 확신했다. 게다가 지퍼가 열려 있다 해도 개집에 가려서 보이지 않을 것 같았다.

"으르렁!"

"멍멍."

"아아오오오……."

"컹! 컹!"

레슬리와 진저도 개 짖는 소리를 냈지만, 데이비드가 듣기에는 아픈 고양이 소리에 가까웠다.

앨빈이 경고했다.

"너무 가까이 가지 마. 물지도 몰라."

데이비드는 개집의 앞부분이 바닥에 떨어지는 것을 느꼈다. 곧이어 앨빈을 쫓아가는 모의 모습이 보였다.

앨빈이 사뿐히 도망치며 외쳤다.

"미친개다! 미친개!"

데이비드는 여전히 자기가 맡은 개집 귀퉁이를 잡고 서 있었다. 달리 무엇을 어떻게 해야 할지 몰랐다.

모가 헛발을 디뎌 잔디밭에 넘어졌다.

앨빈이 모 바로 위에 서서 짖어 댔고, 그의 친구들은 깔깔대며 웃었다.

모가 몸을 일으켜 세우며 말했다.

"내가 개면, 넌 뭔 줄 아니? 넌 거세한 수송아지야!"

"오……, 거세한 수송아지라!"

앨빈이 웃으며 말했다. 그러고는 친구들을 향해 미소를 지으며 물었다.

"거세한 수송아지가 뭐냐?"

모가 숨을 가다듬고는 말했다.

"고환을 떼어 낸 수송아지야."

앨빈의 얼굴이 빨개졌고, 모는 뒤돌아서 학교 건물을 향해 걸어갔다.

순간 데이비드는 모가 자기와 래리를 개집 옆에 내버려 두고 갈 것이라고 생각했다. 하지만 모는 다시 돌아 개집을 향해 걸어왔다. 그리고 개집에서 자기가 맡은 부분을 들어 올리고는 말했다.

"가자. 어서."

데이비드는 모를 돕기 위해 아무것도 하지 않은 것이 마음에 걸렸다. 하지만 무엇을 할 수 있었겠는가? 더구나 모는 자기 자신을 돌볼 수 있는 여자아이였다. 모의 마지막 말은 모두의 입을 다물게 하기에 충분했다.

스콧이 소리쳤다.

"야! 바보 삼총사(고아원에서 자라 서른 살이 넘도록 그곳에 머물고 있는 세 명의 남자 모, 래리, 컬리가 주인공인 코미디: 옮긴이) 다! 모, 래리 그리고 컬리!"

그 말에 다들 다시 웃음을 터뜨렸다. 누군가가 그 말을 되풀이했다.

"바보 삼총사."

로저가 말했다.

"생긴 것까지 바보 삼총사랑 비슷해!"

앨빈이 말했다.

"하지만 진짜 바보 삼총사도 쟤들처럼 못생기지는 않았어!"

데이비드와 모, 래리는 개집을 들고 발걸음을 옮겼다. 로저와 그의 친구들은 뒤따라오지 않았다. 하지만 데이비드의 귀에는 그들이 바보 삼총사를 외치며 깔깔거리는 소리가 들렸다.

스콧이 큰 소리로 말했다.

"야, 컬리! 지퍼나 올려!"

데이비드는 생각했다.

'운도 지지리도 없지. 하필 이름이 모하고 래리인 애들이랑 친구가 되다니!'

가만히 생각하자, 모가 《바보 삼총사》에 나오는 모와 살짝 닮은 것 같았다. 데이비드는 자신도 모르게 미소를 지었다.

## 17

데이비드는 모의 집 뒷마당에 개집을 내려놓고는 안도의 한숨을 내쉬었다. 그리고 뻣뻣해지고 저린 두 팔을 쭉 뻗었다.

래리는 초조하게 주변을 두리번거렸다.

모가 말했다.

"마실 것 좀 줄까?"

데이비드가 말했다.

"좋지."

래리는 계속 초조하게 주위를 두리번거렸다.

모는 데이비드와 래리를 집 뒷문으로 안내했다.

"물 마시고 싶니? 아니면 다른 것?"

데이비드가 말했다.

"물 좋아."

"래리, 너는?"

"어?"

"물?"

"좋아."

모는 키가 작은 나무들 뒤로 손을 뻗어 호스의 물을 틀었다. 그러고는 호스에 입을 대고 물을 마신 다음 데이비드에게 건넸다.

데이비드는 길게 한 모금 마시고는 호스를 래리에게 건넸다. 래리는 물을 마시면서도 눈알을 이쪽저쪽으로 굴렸다.

마침내 래리가 물었다.

"그런데 킬러는 어디 있어?"

데이비드가 말했다.

"얘는 개 안 키워."

래리는 마음이 놓였다.

모가 호스의 물을 잠그고는 설명했다.

"나는 개를 키우고 싶어. 그런데 부모님이 아직 허락을 안 해 주셔. 하지만 이 멋진 개집을 보면 허락하실 수밖에 없을 거야. 그렇지? 개 없는 개집이 무슨 소용이 있겠어?"

래리가 말했다.

"맞아!"

데이비드는 논리적인 설명을 듣고는 기분이 좋았다.

세 아이는 다시 개집으로 걸어갔다. 데이비드와 래리는 잔디에 앉아 개집에 몸을 기댔다. 모는 그들 앞에서 바닥에 등을 대고 누워 흐린 하늘을 올려다보았다.

모가 물었다.

"걔들은 왜 그렇게 나를 싫어하지? 못생긴 게 내 잘못도 아닌데."

데이비드는 래리가 뭐라고 말하기를 기다렸지만, 래리는 입을 꾹 다물고 있었다.

결국 데이비드가 말했다.

"넌 못생기지 않았어."

모가 말했다.

"퍽이나 그렇겠다."

또다시 데이비드는 래리를 바라보았지만, 래리는 여전히 파란색 선글라스를 쓴 채 아무 말이 없었다.

데이비드가 말했다.

"걔들이 싫어하는 것은 나야. 나는 예전에 스콧이랑 단짝 친구였어. 초등학교 2학년 때부터. 그런데 걔가 인기를 얻으려고 나를 좋아하지 않기 시작했어. 걔는 로저하고 랜디한테 더

이상 나하고 친구가 아니라는 걸 증명해야 해. 나하고 그렇게
긴 시간 동안 친구였다는 사실을 만회하려면 이제 나를 싫어
할 수밖에 없는 것 같아."

래리가 물었다.

"초등학교 2학년 때부터 친구였다고?"

데이비드가 고개를 끄덕였다.

"나는 한 번도 누구하고 글쎄, 두 달 이상 친구를 해 본 적
이 없어. 우리 가족이 늘 이사를 다녀서 말이야. 같은 학교를 2
년 연속 다닌 적도 없어."

모가 말했다.

"그거 힘들었겠다."

래리가 말했다.

"난 늘 새로 전학 온 애야. 어렸을 때는 그다지 나쁘지 않았
어. 어릴 때는 친구 사귀기가 쉽잖아. 그냥 어떤 애를 찾아서
같이 놀면 돼. 그런데 이제는 새 친구 사귀기가 거의 불가능한
것 같아."

데이비드가 말했다.

"내가 네 친구잖아."

모가 웃으며 말했다.

"그건 단지 스콧이 너를 싫어하기 시작했기 때문이지."

데이비드가 말했다.

"그렇지 않아. 안 그랬어도 얘하고 친구가 됐을 거야."

래리가 물었다.

"만약 스콧이 다시 너하고 친구가 되면? 어쩌면 너도 걔들처럼 인기를 얻고 싶어서 나를 싫어하기 시작할지도 몰라."

데이비드가 거듭 말했다.

"아니야. 나는 걔들처럼 되기 싫어."

모가 말했다.

"나는 걔들처럼 되고 싶어. 레슬리나 진저가 전교에서 제일 상대할 가치가 없는 아이들이든 말든 난 상관없어. 만약 걔들처럼 예뻐질 수만 있다면, 나는 바로(이 말을 하면서 모는 손가락으로 딱 소리를 냈다.) 걔들처럼 될 거야."

데이비드는 래리를 바라보았지만, 래리는 여전히 입을 다물고 있었다.

모가 내처 말했다.

"걔들이 상대할 가치가 있든 말든 아무도 신경 안 써. 예쁘니까. 다들 그것만 신경 써."

"너는 절대로 걔들처럼 상대할 가치가 없는 사람이 되지 않을 거야."

데이비드는 말을 하고 나서 얼굴을 붉혔다.

모가 말했다.

"아니, 그렇게 될 거야! 내가 걔들처럼 예뻤으면 이 세상에서 상대할 가치가 없는 가장 역겨운 사람이 됐을 거야."

데이비드가 웃었다.

래리가 불쑥 말했다.

"넌 못생기지 않았어. 많은 사람들이 아마 너를 굉장히 매력적으로 생각할걸."

모가 망아지 같은 목소리로 대꾸했다.

"맞아. 우리 할머니가 그래!"

래리가 말했다.

"아니, 정말이야. 사실은, 우리 학교에 어떤 남자애가 있는데, 이름은 말할 수 없지만, 네가 아름다운 것 같다고 걔가 나한테 말했어."

모가 말했다.

"걔는 아마 게이일 거야."

래리는 하하 웃었다.

모가 물었다.

"데이비드, 네 핑곗거리는 뭐야? 래리는 항상 이사 다니고 나는 못생겼어. 너는 어쩌다가 바보 삼총사에 들어왔니?"

"아, 나도 모르겠어."

데이비드는 사실대로 말할지 말지 0.5초 정도 고민했다. 그러다 결국 무척 담담한 말투로 이렇게 말했다.

"나는 저주에 걸렸거든."

데이비드는 래리나 모의 반응을 기다렸지만, 아무 반응도 나오지 않았다.

"그러니까 내 말은, 내가 정말로 저주에 걸렸는지는 모르겠어. 하지만 꼭 그런 것처럼 보여."

모가 말했다.

"네 말이 무슨 뜻인지 알아. 가끔 나도 저주에 걸렸다고 생각하니까. 내가 무슨 일을 하든, 늘 그 일을 엉망으로 만드는 사건이 일어나."

래리가 말했다.

"맞아. 내가 새 학교에 갈 때도 그래. 나는 친절하고, 너희도 알다시피, 좋은 인상을 남기려고 노력하는데, 항상 무슨 일이 생겨. 올해도 마찬가지였어. 내가 여기 온 첫날에 어떤 멍청이가 길도 제대로 안 보고 가다가 나한테 초콜릿 우유를 쏟았어. 누가 요새 초콜릿 우유를 먹어?"

모가 말했다.

"나는 아주 어렸을 때부터 초콜릿 우유는 안 마셨어."

래리가 말했다.

"내 말이 그 말이야."

데이비드는 래리와 모에게 저주에 대해 설명하지 않기로 마음먹었다. 어차피 자기 말을 믿을 것 같지 않았다. 사실 자신도 믿지 않았으니.

데이비드는 자기가 래리나 모 또는 다른 사람들과 다르지 않다고 결론 내렸다. 모든 사람들이 스스로 저주를 당하고 있다고 느끼는 것 같았다.

모가 말했다.

"너희는 진짜 저주가 뭔지 몰라. 적어도 너희는 생리 안 하잖아! 그게 진짜 저주야."

데이비드와 래리는 얼굴을 붉히고는 민망함을 감추려고 웃었다.

모는 자기 자신이 자랑스럽다는 듯이 일어나서 스트레칭을 했다.

래리와 데이비드도 일어섰다.

래리가 말했다.

"있잖아, 모, 개 키우는 것을 허락받고 싶으면 개집에 붙어 있는 이름부터 바꾸는 게 좋을 것 같아."

모는 래리를 보고, 이어 개집을 보고, 다시 래리를 보았다. 그러고는 래리를 향해 싱긋 웃었다.

## 18

다음 날 아침은 춥고 흐리고 비참했다. 비가 오지는 않았지만, 공기 중에 안개가 자욱했다. 차라리 비가 내리면 더 나을 것 같았다.

윌리엄스 양은 광택이 나는 검은색 비닐 비옷을 입고 있었다. 데이비드가 사물함을 떠나려는 순간, 윌리엄스 양이 말했다.

"좋은 아침, 밸린저 군."

윌리엄스 양의 초록색 눈이 그를 향해 반짝였다.

"좋은 아침, 윌리엄스 양."

데이비드는 어제는 그렇게 멀게 느껴졌던 윌리엄스 양이 오늘은 다시 자기를 좋아하는 것 같아 기쁜 마음으로 씩씩하게 대답했다.

둘은 나란히 맥팔랜드 선생님의 교실을 향해 걸어갔다. 둘 다 교실 문에 도착하기 직전까지 말이 없었다. 이윽고 데이비드가 한번 시도를 해 보기로 마음먹었다.

"오늘 날씨가 참 좋네."

말을 하자마자 데이비드는 후회했다. 정말 바보 같은 말이었다.

윌리엄스 양은 흐리고 우중충한 하늘을 올려다보았다. 그러고는 얼굴에 기묘한 표정을 지으며 대꾸했다.

"그래, 꽤나."

둘은 교실로 들어가 각자의 책상을 향해 걸어갔다.

'그래, 꽤나.'

데이비드는 그 말을 생각했다. 정말이지 완벽한 대답이었다.

데이비드는 오전 내내 윌리엄스 양만 생각했다. 홈룸에서도, 수학 시간에도, 쉬는 시간까지도. 계속해서 둘이 나눈 대화를 곱씹었다.

'좋은 아침, 밸린저 군. 좋은 아침, 윌리엄스 양. 오늘 날씨가 참 좋네. 그래, 꽤나.'

'그래, 꽤나.' 정말이지 완벽한 대꾸였다. 그 아이는 완벽했다. 그렇다, 진짜 완벽했다.

"데이비드."

래리가 말했다.

"어?"

모가 말했다.

"정신 차려, 데이비드. 제발 돌아와. 거기 아무도 없어요?"

래리와 모는 깔깔 웃었다.

래리가 말했다.

"아마 여자 친구 생각을 하고 있을걸."

"우아, 데이비드한테 여자 친구가 있어?"

"음, 얘가 좋아하는 여자애가 있어. 근데 이름을 말 안 해."

데이비드는 얼굴이 빨개지는 것을 느꼈다. 래리를 째려보았다. 상황이 얼마나 쉽게 역전될 수 있는지 래리는 모른단 말인가? 래리가 남몰래 모를 좋아한다는 것을 모에게 말하면 그만이었다. 아니면 - 순간 떠오른 생각이었다 - 그 말을 하기를 래리가 바라고 있는 것일까?

모가 말했다.

"아, 누군지 알 것 같아! 토리 윌리엄스! 맞지?"

사실 데이비드는 모의 말이 맞는지 틀린지 몰랐지만, 아마도 맞을 것이라고 생각했다. 성은 맞았으니까.

모가 말했다.

"너하고 토리가 보름달처럼 커진 눈으로 서로 바라보는 것을 내가 봤어."

래리가 하하 웃었다.

이제 데이비드도 윌리엄스의 이름을 알게 되었다.

모가 말했다.

"뭐, 최소한 건방진 애는 아니야. 늘 조금 딴 데 정신이 팔린 것 같다는 건 인정해야겠지만."

'토리 윌리엄스.'

데이비드는 과학 수업을 들으러 가면서 그 이름을 되뇌었다. 그리고 모는 데이비드가 토리 윌리엄스를 보름달처럼 커진 눈으로 보았다고만 말하지 않았다. 둘 다 보름달처럼 커진 눈으로 서로를 보았다고 말했다. 토리 윌리엄스. 멋진 이름이었다. 그래, 꽤나.

데이비드는 점심시간에 윌리엄스 양, 즉 토리를 보았다. 막 기술 수업을 끝내고 나와 사물함으로 가는 길이었다. 토리는 잔디밭을 가로질러 데이비드가 있는 쪽으로 걸어오고 있었다. 두 팔은 책을 감싼 채로 가슴 위에 포개져 있었고, 빨간 머리는 양쪽 어깨로 늘어뜨린 모습이었다.

토리는 아직 데이비드를 보지 못했다. 데이비드는 토리라고 불러야 할지 고민했다. 그러면서 그 아이가 자기를 못 보기를 빌었다. 그 아이는 오늘 아침에 친절하게 인사했고, 그것으로 충분했다. 데이비드는 괜한 욕심을 부리고 싶지 않았다.

그 아이가 말했다.

"좋은 오후, 밸린저 군."

"좋은 오후…… (데이비드는 잠시 말을 멈추었다) ……윌리엄스 양."

데이비드는 토리라고 부르지 못했다.

데이비드가 사물함으로 걸어가는 동안 토리 윌리엄스는 계속 옆에서 따라갔다. 데이비드는 토리 윌리엄스를 슬쩍 보았다. 그 아이의 초록색 눈이 그를 향해 반짝였다. 둘 다 미소를 지었다. 데이비드는 이것이 모가 말하는 '보름달처럼 커진 눈으로 바라보는' 것인지 궁금했다.

데이비드가 사물함 앞에 멈춰 섰다.

"내 사물함이야."

토리 윌리엄스도 멈춰 섰다.

데이비드는 비밀번호를 넣기 위해 자물쇠 다이얼을 돌렸다. 왼쪽으로 32, 오른쪽으로 16, 왼쪽으로 22. 사물함 손잡이를 잡아당겼지만 사물함은 열리지 않았다. 데이비드는 다시 32-16-22 암호를 맞추었지만, 사물함은 여전히 열리지 않았다.

데이비드는 윌리엄스 양을, 아니 토리를 보며 수줍게 웃었다. 그 아이는 어깨를 으쓱했다.

데이비드는 이것도 저주와 관련이 있는 것인지 궁금했다. 하지만 어떻게? 아이들이 베이필드 할머니에게 자물쇠나 사물함과 관련된 어떤 일을 했던가?

데이비드는 다시 한번 시도해 보려다 문득 자신의 실수를 깨달았다. 그는 얼굴이 빨개지는 것을 느끼면서 설명을 했다.

"아까 그건 체육관 사물함 비밀번호였어."

"나도 가끔 그래."

윌리엄스 양이, 아니 토리가 말했다.

데이비드는 이번에는 제대로 된 비밀번호를 넣고 다시 시도해 보았다. 사물함은 여전히 열리지 않았다. 데이비드는 중얼거렸다.

"이게 왜……?"

토리 윌리엄스는 아랫입술을 살짝 깨물면서 어깨를 으쓱했다. 그러고는 혀로 한쪽 볼을 불룩 내밀었다.

다시 사물함으로 눈을 돌린 데이비드는 심장이 철렁 내려앉는 것 같았다. 자기 사물함이 아니었다. 자기 사물함 옆 사물함이었다. 데이비드는 토리 윌리엄스에게 사실대로 말할 엄두가 나지 않았다. 그래서 사물함에서 물러나면서 이렇게 말했다.

"뭐가 잘못됐는지 모르겠네. 가서 수위 아저씨한테 말해야 겠어."

토리 윌리엄스가 말했다.

"네가 괜찮다면 내 사물함에 책 넣어 둬도 돼."

"아니, 괜찮아. 가서 수위 아저씨한테 말할게."

토리 윌리엄스는 고개를 돌려 데이비드를 보며 말했다.

"그럼 당분간 안녕, 밸린저 군."

"안녕, 윌리엄스 양."

토리 윌리엄스는 자리를 뜨려고 발걸음을 뗐다.

"토리."

토리 윌리엄스는 멈춰 섰다.

"데이비드."

토리는 뒤돌아보지 않은 채로 그렇게 말하고는 계속 걸어갔다.

데이비드는 토리가 완전히 간 것을 확인한 다음 자기 사물함 으로 가서 문을 열었다. 그리고 과학책과 공책을 넣어 두고 점심 도시락을 꺼냈다.

그때 번뜩 이런 생각이 들었다.

'내가 왜 걔 사물함에 책을 넣어 두지 않았을까? 정말 완벽 했을 텐데. 이런! 그랬으면 정말 좋았을 텐데.'

그래, 꽤나.


로저가 외쳤다.

"여기 바보 3번이 옵니다!"

데이비드는 식당을 가로질러 모와 래리 쪽으로 걸어가면서 모든 사람들이 자기를 쳐다보고 있는 것을 느낄 수 있었다. 그는 자신이 발을 헛디뎌 넘어지지 않기만을 바랐다. 사실 데이비드는 토리의 사물함에 책을 두지 않은 자신이 바보처럼 느껴졌다.

데이비드가 맞은편에 앉았을 때, 래리와 모는 아무 말도 하지 않았다. 로저와 그의 친구들이 옆 탁자에 앉아 있었다.

랜디가 말했다.

"안녕, 컬리. 잘 지내니?"

데이비드는 진저가 술이 잔뜩 달린 스콧의 가죽점퍼를 입은 것을 보았다. 그것은 스콧이 학교에서 가장 인기 있는 여자 중 한 명이랑 사귀고 있다는 뜻이었다.

데이비드는 생각했다.

'스콧이 한 일이라고는 나를 싫어한 것밖에 없는데. 내가 토리의 사물함에 책을 넣기만 했어도. 그랬다면 걔가 내 점퍼를 입은 것만큼이나 좋았을 텐데. 아니, 더 좋았을 텐데!'

모가 말했다.

"진저, 네 점퍼 마음에 든다. 진짜 쥐 가죽으로 만든 것 같네."

데이비드는 빙그레 웃었다. 모는 아무에게나 아무 말이나 할 수 있었다.

진저는 모를 빤히 보았다.

모가 말했다.

"왜 그래, 진저? 쥐가 네 혀를 먹기라도 한 거야?"

래리가 하하 웃었다.

진저가 말했다.

"이런, 미안해, 모. 하지만 너랑 말하면 안 돼. 나는 남자애하고 말하면 안 되거든."

모의 얼굴이 벌겋게 달아올랐다.

레슬리가 말했다.

"이제야 입을 다무네."

로저와 그의 친구들이 자리를 뜨자마자 래리가 까르르 웃었다.

모가 말했다.

"뭐가 그렇게 웃겨?"

"진저는 너랑 말하면 안 된다고 했는데, 그 말을 하려고 너한테 말을 할 수밖에 없었잖아!"

"그래서?"

모가 다그치듯이 물었다.

"그래서 걔가 너한테 말했잖아. 말하면 안 되는데."

"그래서?"

모가 다시 물었다.

래리는 어깨를 으쓱하고는 말했다.

"나도 몰라."

모가 말했다.

"난 알아. 넌 아무것도 몰라."

그러고는 벌떡 일어나 가 버렸다.

## 19

데이비드가 물었다.

"소는 어떤 소리를 내지?"

엘리자베스는 정신을 집중했다. 그리고 두 입술을 딱 붙인
채로 말했다.

"음음."

데이비드가 말했다.

"음매."

엘리자베스가 말했다.

"음음."

데이비드는 웃었다. 그러자 엘리자베스도 웃었다.

리키가 엘리자베스의 방으로 들어오면서 말했다.

"안녕, 리즈베스!"

"안녕, 리키."

데이비드는 여동생이 말 배우는 것을 도와주기 위해 일부러 발음을 과장해서 말했다.

엘러자베스가 싱그레 웃었다.

리키가 말했다.

"형, 뭐 좀 물어봐도 돼?"

"물론이지."

"그냥 좀 궁금한 게 있어서 말이야. 오늘 학교에서 유명한 코미디언들에 대해 이야기를 했어. 그런데 어, 바보 삼총사가 누구야?"

데이비드는 배 속이 팽팽해지는 것을 느꼈다. 하지만 리키만큼이나 태연하게 말하려고 애썼다.

"바보 삼총사, 오래전에 나온 코미디언들이야. 늘 서로를 때리고 물건을 부수고 그랬어."

데이비드는 리키가 어디까지 알고 있는지 궁금했다. 로저의 남동생인 글렌 델브룩이 리키와 같은 반이었다.

"약간 멍청하게 행동해? 미련하게?"

"아니. 음, 그럴 수도 있겠네. 그보다는 조금…… 몰라……. 웃겨. 슬랩스틱 코미디라는 것을 했어. 아주 웃겼어. 그 분야에서는 엄청 존경받았어."

리키가 물었다.

"그들 중 한 명의 이름이 컬리였어(컬리(Curly)는 일반 형용사로 '머리가 곱슬곱슬한'이라는 뜻이 있음: 옮긴이)?"

"응."

"정말로 곱슬머리였어?"

"아니. 대머리였어. 그게 웃기려고 일부러 그랬나 봐. 대머리인데도 이름이 컬리였어."

이것은 데이비드도 방금 깨달은 것이었다.

"그런데 왜 물어보는 거야?"

"그냥. 오늘 학교에서 코미디언에 대해서 이야기를 했거든. 글렌은 로빈 윌리엄스가 제일 좋다고 했고, 나는 우디 앨런이 제일 좋다고 했어."

데이비드는 자기가 우디 앨런을 좋아한다는 사실을 리키가 알고 있다는 것을 알았다.

"그런데 어떤 멍청한 여자애가 자기가 좋아하는 코미디언은 바보 삼총사의 컬리라고 했어."

"아. 음, 그 사람도 웃겼어. 자기 분야에서 매우 존경받았지. 바보 삼총사는 아마 밤늦게 방송할걸. 녹화해서 내일 볼까?"

"아니, 괜찮아. 대충 뭔지 알겠어."

"그럼 뭐 하고 싶니? 체스나 할까?"

"아니야. 숙제가 많아."

리키는 방을 나갔다.


데이비드의 엄마는 저녁으로 닭과 만두 요리를 하고 있었다. 엄마는 데이비드에게 밀가루 봉지를 다시 선반에 올려놓으라고 부탁했다.

데이비드는 조리대에 올라서서 맨 위 선반에 밀가루 봉지를 놓고는 쿵 소리가 나게 바닥으로 뛰어내렸다. 그 바람에 밀가루 봉지가 떨어져 데이비드의 머리 위로 쏟아졌다.

리키가 깔깔거리며 웃었다.

데이비드가 무슨 일이 일어났는지 헤아리기까지는 몇 초가 걸렸다. 그의 곱슬머리는 밀가루로 하얗게 뒤덮여 버렸다.

데이비드의 엄마까지 깔깔 웃었다.

리키가 물었다.

"바보 삼총사의 컬리가 그런 행동을 하는 거야?"

데이비드가 빙긋이 웃으며 말했다.

"응, 그럴 거야."

데이비드는 깊은 밤에 침대에 누웠을 때에야 저주가 발동했다는 것을 깨달았다. 물론 저주라는 게 있다면 말이다. 하지만 데이비드는 저주를 믿지 않았다.

로저와 랜디가 베이필드 할머니의 꽃밭을 짓밟았다. 그들은 할머니의 꽃을 밟았고, 이제 밀가루가 데이비드를 '밟은' 셈이었다.

데이비드는 생각했다.

'아, 이건 정말 무리야. 꽃(flower)과 밀가루(flour)는 발음만 같을 뿐 완전히 달라. 단순히 발음이 같아서? 그건 아무 의미도 없어.'

이 일이 증명하는 것은, 만약 뭔가를 믿고 싶으면 그것을 진실로 만들 방법을 어떻게든 찾아낼 수 있다는 것뿐이었다. 바보 같은 점성술처럼 말이다.

하지만 데이비드도 밀가루 봉지가 갑자기 머리로 떨어진 것이 무척 이상한 일이라는 것은 인정하지 않을 수 없었다. 그런 일은 흔히 일어나지 않는다.

데이비드는 아빠에게 자기 문제에 대해 이야기해 볼까 하는 생각도 했다. 자신들이 베이필드 할머니에게 저지른 일들과 그 이후 자신에게 일어난 일들에 대해 말해 보고 싶었다. 아빠라면 이 모든 일에 대한 논리적이고 과학적인 설명을 찾을 수도 있을 것 같았다.

하지만 불쌍한 할머니의 지팡이 훔치는 일을 도왔다는 것은 아빠한테 말하기에 너무나 창피한 일이었다. 그리고 그 후 자신에게 일어난 일들에 대해 말하는 것 또한 창피했다. 아빠는 아마 베이필드 할머니에게 가서 사과하라고 할 것이다.

게다가 어떤 과학적인 설명이 가능하겠는가? 불가능하다. 과학은 이 모든 일과 아무 상관이 없었다. 가능한 설명은 두 가지뿐이었다. 저주를 받았거나, 아니면 바보거나. 둘 중 하나였다.

## 20

데이비드는 친구들에게 저주에 대해 말하기로 마음먹었다.

금요일 쉬는 시간에 데이비드는 이렇게 물었다.

"너희, 펠리시아 베이필드가 누군지 아니?"

래리가 대꾸했다.

"누구?"

모가 말했다.

"누군지 알아. 이상한 옷을 자주 입는 늙고 멍한 할머니잖아."

래리가 말했다.

"꼭 토리 윌리엄스 같네."

래리와 모는 하하 웃었다.

데이비드가 말했다.

"그 할머니는 마녀야. 자기 남편을 죽였어. 남편 얼굴을 제거했고."

모가 외마디 비명을 질렀다.

"웩!"

데이비드가 말했다.

"남편은 한동안 살아 있었어. 하지만 얼굴 없이 오래 살 수는 없잖아? 그런데 얼굴은 아직 살아 있어. 그 할머니 집 벽에 걸려 있어. 이상한 용액 같은 것에 넣어서 보존하고 있대. 그리고 그 얼굴한테 이야기도 해. 그러면 그 얼굴이 대꾸를 한대."

데이비드는 베이필드 할머니에 대해 안 좋은 이야기를 하는 것이 마음에 걸렸지만, 그 할머니가 마녀라는 것을 친구들로 하여금 믿게 만들어야 했다. 데이비드는 자기 얼굴이 언젠가 그 할머니 집 벽에 걸리리라는 것을 알지 못했다.

래리가 말했다.

"얼굴이 없으면 어떤 모습일까?"

래리는 잠시 생각해 보고는 내쳐 말했다.

"그냥 그 밑에 얼굴이 하나 더 있지 않을까? 얼굴이 얼마나 두껍지?"

모가 대답했다.

"정말 얇지. 종이보다 얇아. 그리고 그 밑에는 거의 투명하고 텅 빈 피부가 있을 뿐이야. 눈, 코, 입이 있던 자리에는 구멍만 있고."

래리가 말했다.

"유령 같은 거네. 살아 있다는 것만 빼면."

데이비드가 말했다.

"도플갱어야."

모가 물었다.

"뭐?"

"나도 모르겠어."

데이비드가 고개를 가로젓고는 내처 말했다.

"내가 저번에 저주에 걸린 것 같다고 말한 것 기억나니? 음, 너희가 생각했던 것하고는 달라. 베이필드 할머니가 나한테 저주를 내렸어. 할머니는 내 도플갱어가 내 영혼에 역류할 거라고 말했어."

데이비드는 처음부터 다 털어놓았다. 로저와 스콧과 랜디가 할머니의 뱀 머리 지팡이 훔치는 것을 어떻게 도왔는지 말했다. 그것도 마치 자기가 공격을 주도한 것처럼 말했다.

"……그때 할머니가 진짜 섬뜩한 목소리로 '레모네이드 좀 마시고 갈래?'라고 했어. 하지만 나는 그게 정말 레모네이드였다고는 생각하지 않아."

래리와 모가 차례로 물었다.

"그래서 넌 어떻게 했어?"

"마신 건 아니지? 응?"

"그래. 나는 레모네이드를 잔에 따르면서 넘어지는 척했고, 곧바로 흔들의자를 뒤로 넘어뜨린 다음 할머니 얼굴에 레모네이드를 부었어!"

"그렇지!"

모가 환호성을 질렀다.

데이비드는 다른 아이들이 의자에 앉아 있는 할머니를 넘어뜨리고 얼굴에 레모네이드를 붓는 동안 자기는 가만히 서 있었다고 말하고 싶지는 않았다. 그것은 말이 되지 않았다. 다른 아이들이 모든 것을 할 동안 가만히 서 있었으면, 할머니가 그에게 저주를 내리겠는가?

데이비드가 계속 말했다.

"내가 텅 빈 유리 주전자를 던져 버렸는데, 그게 우연히 창문으로 날아갔어. 유리창하고 주전자 둘 다 와장창 깨져 버렸지."

데이비드는 거짓말을 하면 할수록 더 거짓말에 빠져들었다. 하지만 동시에 마음속으로 죄책감을 느꼈다. 죄책감은 처음에는 작았지만, 거짓말을 할수록 피노키오의 코처럼 점점 더 커지는 게 느껴졌다.

"로저하고 랜디하고 스콧은 할머니의 지팡이를 들고 도망쳤지만, 나는 할머니 바로 위에 서 있었어. 할머니의 두 다리가 허공에서 바동거렸어. 만약 너희가 그 할머니의 옷들이 이상하다고 생각한다면, 그때 할머니가 입은 속옷을 봤어야 해!"

래리와 모가 물었다.

"속옷을 봤다고?"

"어떻게 생겼어?"

데이비드가 말했다.

"거미줄로 만든 것 같았어. 그리고 온통 거미들이 기어 다니고 있었어. 다른 벌레들도 좀 있었고."

모가 말했다.

"징그러워."

데이비드가 말했다.

"그다음에 나는 할머니에게 손가락 욕을 했어. 알잖아, 가운뎃손가락 올리는 것."

모가 말했다.

"잘했어."

"그때 할머니가 내 도플갱어에 대한 말을 한 거야."

래리가 물었다.

"도플갱어가 뭔데?"

"사전에서 찾아봤는데, 어떤 사람의 유령 같은 복제물이래."

모가 물었다.

"그게 뭔데?"

"나도 모르겠어."

데이비드는 래리와 모에게 저주에 대해서도 설명했다. 하지만 이것 역시 과장해서 말했다.

"……그리고 남동생이랑 캐치볼을 하다가 걔한테 공을 던졌는데, 공이 갑자기 공중에서 휘어져 날아가 부모님 방의 창문을 깼어."

래리와 모는 처음에는 안 믿는 눈치였지만, 데이비드가 사건들을 하나하나 설명하자 적어도 기이한 우연의 일치가 아주 많았다는 것만은 인정하지 않을 수 없었다.

"정말로 지어낸 이야기 아니지?"

모가 묻자, 데이비드는 이렇게 대답했다.

"내가 과학 시간에 비커 깬 것 알잖아. 그리고 래리, 스페인어 시간에 나한테 무슨 일이 일어났는지 생각나지?"

래리가 소리쳤다.

"그래, 맞아!"

모가 말했다.

"아, 그래. 나도 그 이야기 들었어. 네 지퍼가 열렸는데 네가 몰랐다면서."

데이비드의 얼굴이 빨개졌다.

데이비드는 다시 설명을 했다.

"내가 할머니의 속옷을 봤기 때문이야. 할머니에게 한 모든 일이 나한테도 일어나고 있어. 아직까지 내 머리에 레모네이드가 쏟아지지 않은 것만 빼고. 아마 그게 다음으로 일어날 일일 거야. 아, 그리고 내가 우리 엄마한테 가운뎃손가락을 올려 보였어."

모가 소리쳤다.

"엄마한테 가운뎃손가락을 올려 보였다고!"

데이비드는 어깨를 으쓱했다.

모가 말했다.

"못 믿겠어! 엄마한테 가운뎃손가락을 올리다니!"

데이비드가 또 설명했다.

"그냥 엄마한테 손을 흔들고 있었어. 그런데 갑자기 손에 쥐가 나더니, 가운뎃손가락만 빼고 손가락들이 다 접혔어."

모가 말했다.

"설마!"

"사실 별일 아니었어. 그냥 쥐가 난 거였어. 게다가 잘 생각해 보면, 그게 그리 나쁜 일도 아니야. 가운뎃손가락을 올리는 것이 왜 다른 손가락을 올리는 것보다 나쁜 건데?"

모가 말했다.

"아니. 그건 우리가 할 수 있는 가장 끔찍한 짓이야!"

"왜? 대부분의 사람들은 그게 무슨 뜻인지도 모를걸?"

데이비드는 고개를 래리에게 돌리고는 물었다.

"넌 여러 나라에 살아 봤잖아. 다른 나라에서는 어떻게 하는지 아니?"

래리가 설명했다.

"나라마다 달라. 스페인에서는 이렇게 해! 홍콩에서는 이렇게 하고!"

래리는 각 나라에서 하는 손동작을 보여 주었다.

"이탈리아에서는 이렇게!"

그때 마침 루가노 선생님이 우연히 그곳을 지나갔다. 선생님은 래리의 어깨를 잡고는 이렇게 말했다.

"너, 나와 함께 가야겠다!"

루가노 선생님은 이탈리아 사람이었다.

## 21

데이비드는 스페인어 시간이 끝나고 나서야 래리를 보았다.

"루가노 선생님이 너한테 뭐라고 하셨어? 혼났니?"

래리는 빙긋이 웃었다.

"아무것도 하실 수 없었지! 처음에는 내가 무슨 짓을 했는지 우리 부모님께 편지를 쓰려고 하셨는데, 편지에 어떻게 써야 할지 모르시더라고. 그래서 그다음에는 나더러 무슨 짓을 했는지 부모님께 말하라고 하셨어. 근데 내가 '제가 무슨 짓을 했는데요?'라고 물었어. 선생님이 '너도 알잖아.'라고 하셔서 내가 '몰라요.'라고 했어. 그랬더니 결국 그냥 다시는 하지 말라고 하시기에, 내가 '무엇을요?'라고 물었지."

데이비드는 하하 웃었다. 하지만 스콧과 랜디, 로저가 오는 것을 보고는 웃음을 멈추었다.

스콧과 랜디, 로저는 줄지어 있는 야외 사물함 바로 앞에 있는 길 한가운데로 걸어오고 있었다. 데이비드와 래리가 지나갈 자리는 없었다.

데이비드는 그들이 지나갈 수 있도록 옆으로 비켜섰다.

로저는 데이비드를 힐끗 보고 이어 스콧을 본 다음, 모두에게 들릴 정도로 크게 말했다.

"야, 스콧, 너 이번 주 토요일 밤에 또 진저랑 데이트하니?"

스콧도 똑같이 큰 소리로 말했다.

"물론이지. 너하고 레슬리도 올래?"

"그래, 그거 재미있겠다."

"너는 어때, 랜디? 너하고 토리도 같이 오지 그래?"

스콧은 일부러 토리 이름을 더 크게 말했다.

로저가 말했다.

"그래, 토리 윌리엄스란 애 엄청 예쁘더라!"

랜디가 말했다.

"봐서 그러지, 뭐."

데이비드는 이 대화가 모두 자기 들으라고 일부러 하는 말임을 꽤 확신했음에도 불구하고, 얼굴이 벌겋게 달아올랐다. 아무튼 데이비드가 토리 윌리엄스를 좋아한다는 사실을 스콧이 알아챈 것이 틀림없었다. 어쩌면 스콧도 데이비드와 토리가 보름달처럼 커진 눈으로 서로를 바라보는 것을 목격했을지도 모른다.

그런데 데이비드는 문득 한 가지 사실을 깨달았다. 자신이 토리를 좋아한다는 것을 알고 있다는 이유만으로도 랜디는 토리에게 토요일 데이트 신청을 할 수 있는 아이라는 사실이었다. 데이비드는 토리가 랜디의 데이트 요청에 응할지가 궁금해졌다. 토리는 랜디가 얼간이라는 것을 틀림없이 알고 있을 것이다. 하지만 데이비드는 자기도 한때 랜디를 좋은 아이라고 생각했던 사실을 떠올렸다. 랜디는 얼간이가 아닌 척하기 선수였다.

래리가 말했다.

"너는 길을 비켜 주지 말아야 했어."

"어?"

"넌 방금 네 얼굴을 잃어버렸어."

"무슨 소리야?"

"일본어 표현이야. 베이필드 할머니가 사람들 얼굴을 훔친다고 네가 말하고 있을 때 생각났어. 내가 예전에 일본에 살았잖아. 알지?"

"아니, 몰라. 그리고 지금 무슨 이야기를 하는 건지도 모르겠어."

"모가 늘 자기 자신을 지킬 수 있어야 한다고 말하잖아. 그 거하고 같은 거야. 자신을 지키지 못하면, 일본 사람들은 얼굴을 잃었다고 말해. 방금 걔들이 우리 쪽으로 걸어왔을 때, 우리도 걔들만큼이나 이 길을 걸을 권리가 있었어. 근데 넌 비켜섰잖아, 그러니까 얼굴을 잃은 거지."

"모두가 지나가기에는 길이 좁았잖아. 그럼 어떻게 했어야 하는데? 걔들 사이를 뚫고 지나가? 싸움을 벌일 만한 일이 아니잖아."

"걔들이 너를 무시하는데 네가 아무것도 안 할 때마다 너는 얼굴을 조금씩 잃어."

데이비드는 손으로 얼굴을 문질렀다.

"걔들은 너도 괴롭히잖아. 그렇다고 네가 뭘 하는 걸 난 못 봤는데."

"그건 달라."

"왜?"

"나는 싸울 필요가 없어. 쿵후를 알거든."

"퍽이나 그렇겠다."

"진짜야. 나는 검은 띠야. 만약 필요하다면 저 세 명을 한꺼번에 해치울 수도 있어."

래리는 공기를 내리치는 동작을 했다.

"쟤들은 아예 상대가 안 돼."

"퍽이나 그렇겠다."

"하지만 그것은 쿵후의 도가 아니야. 싸움을 피하는 것이 늘 최선이지. 그때 쟤들이 나한테 화장실을 못 쓰게 한 일 기억나지? 나는 그냥 다른 곳으로 가 버렸잖아. 피치 못할 때만 싸우는 거야. 때로는 싸우는 것보다 그냥 물러서는 것이 더 많은 용기가 필요해."

"그럼 왜 네가 그냥 물러서는 것은 괜찮고 내가 물러서면 얼굴을 잃는 건데?"

래리는 아무 대답도 하지 않고 이렇게 말했다.

"네가 무엇을 하면 좋을지 알았어. 토리 윌리엄스에게 전화를 해서 랜디보다 먼저 토요일 데이트를 신청하는 거야."

"랜디는 걔한테 데이트 신청 안 할 거야. 그냥 하는 빈말이야. 게다가 내가 걔한테 데이트 신청을 할 수 없는 이유는 너도 알잖아."

"왜?"

"나는 저주에 걸렸잖아. 잊어버렸어? 내가 걔랑 영화를 보러 갔다가 내 머리에 레모네이드를 부으면 어떡해? 아니면 걔 머리에 붓거나?"

"그런 일은 안 일어날 거야."

래리는 어깨를 으쓱하고는 내처 말했다.

"아예 레모네이드를 마시지 마."

"걔가 나한테 레모네이드 한 잔만 사 달라고 하면?"

"레모네이드는 안 판다고 해. 콜라나 다른 걸 사 줘."

"너는 이 저주가 얼마나 강력한지 몰라. 내가 콜라를 주문해도, 직원이 실수로 레모네이드를 주거나 뭐 그런 일이 일어날 거야. 그리고 내가 그것을 토리에게 건네주려고 할 때, 지진 같은 게 일어나서 내가 넘어지고 걔 머리에 쏟겠지! 안 돼. 내가 저주에 걸린 이상 토리랑 데이트를 할 수는 없어."

"어련하겠냐."

데이비드는 억지웃음을 지었다.

래리가 물었다.

"왜 웃어?"

"아, 그냥 생각을 하고 있었어. 걔들은 자기들이 엄청 강하다고 생각하잖아. 네가 쿵후를 안다는 것도 모르고. 네가 걔들을 박살 낼 수 있다는 것도 모르고 말이야."

"맞아. 하지만 내가 도저히 그냥 물러설 수 없을 때만 그렇지."

래리는 빙그레 웃고는 말을 이었다.

"저주는 정말 안됐다. 그것만 아니었으면 너랑 토리랑 좋은 시간을 보낼 수 있었을 텐데."

데이비드와 래리는 합의점을 찾았다. 래리가 쿵후를 안다는 것을 데이비드가 믿어 주는 대신, 데이비드가 토리 윌리엄스에게 데이트 신청을 못 하는 이유가 저주 때문이라고 래리도 믿어 주기로 한 것이다.

모가 다가와서 말했다.

"야, 래리. 나한테 그것 좀 가르쳐 줄래?"

"뭐?"

"손가락 욕을 이탈리아에서는 어떻게 하는지."

# 22

금요일 오후와 저녁 내내 데이비드는 토리…… 그리고 랜디 생각을 멈출 수가 없었다.

'랜디가 진짜로 토리에게 데이트 신청을 하면 어떡하지? 토리는 뭐라고 말할까? 어쩌면 토리는 지금 랜디와 전화 통화를 하고 있을지도 몰라.'

토요일, 데이비드는 둘의 데이트에 대해 걱정했다. 둘이 어디를 가고 어떤 영화를 봤는지 궁금했다.

'미성년자 관람 불가 영화였을까? 랜디가 토리의 어깨에 팔을 둘렀을까? 어쩌면 지금 둘이 키스를 하고 있을지도 몰라.'

일요일, 데이비드는 토리와 랜디가 사랑에 빠졌는지 궁금했다. 토리가 랜디의 점퍼를 입고 학교에 오면 어떡하지? 토리는 이제 그에게 말을 걸 수 없을 것이다. '안녕, 밸린저 군.'이라는 말조차도.

데이비드는 토리의 사물함에 책을 두지 않은 게 다행이라고 생각했다. 절대로 다시 꺼낼 수 없을 테니까. 어쩌면 토리는 지금까지 랜디를 짝사랑하고 있었을 수도 있다. 어쩌면 토리는 데이비드에게 잘해 주는 척하고 있었던 것일지도 몰랐다. 랜디가 예전에 그랬던 것처럼 말이다.

'이건 말도 안 되는 장난이야. 토리는 나를 좋아하는 척했지만, 사실은 자기 친구들과 함께 바보 컬리를 비웃고 있었어.'

월요일 아침, 데이비드는 맥팔랜드 선생님의 교실 앞에 서 있다가 토리가 걸어오는 것을 보았다. 데이비드는 토리에게 인사를 할지 말지를 놓고 고민했다. 최소한 토리가 랜디의 점퍼를 입고 있지는 않았다. 여러 색깔이 섞인 솔 같은 것을 걸치고 있었다.

데이비드가 말했다.

"안녕?"

토리는 아직 이삼 미터 떨어진 곳에 있었다. 데이비드는 너무 조용히 말해서 토리가 자기 말을 못 들었다고 생각했다.

"안녕, 데이비드?"

토리가 말했다. 그러고는 초록색 눈을 반짝이며 교실 안으로 산들바람처럼 사뿐히 들어갔다.

"안녕?"

데이비드는 혹시 토리가 아까 못 들었을까 봐 다시 한번 말했다. 그러고는 완전히 바보가 된 기분으로 책상들 사이를 헤치며 자기 자리를 향해 조심조심 걸어갔다.

데이비드는 자신이 바보인지 아닌지가 처음에 말한 '안녕?'을 토리가 들었는지 못 들었는지에 달려 있다는 것을 알았다. 만약 토리가 들었다면, '안녕?'이라는 말을 두 번이나 한 바보가 되는 것이었다. 아마 토리와 랜디가 그것을 가지고 한바탕 신나게 웃을 것이다.

반면에 처음에 말한 '안녕?'을 못 들었다면, 토리는 자기가 먼저 '안녕?'이라고 말했다고 생각할 것이다. 이것은 좋은 일이었다. 어떤 사람한테 먼저 안녕이라고 말하는 것은 그 사람을 다정하게 대하려고 노력한다는 뜻이지만, 답으로 안녕이라고 말하면 그것은 그냥 예의 바른 행동일 수 있기 때문이다.

'그게 뭐 대수야! 누가 먼저 안녕이라고 했는지가 뭐가 중요해?'

데이비드는 자신을 꾸짖었다. 그리고 눈을 감았다.

'그게 무슨 대수야? 나는 신경 안 써. 나는 신경 안 써. 나는……'

데이비드는 토리를 보았다. 토리는 반쯤 잠든 듯한 모습으로 사회 교과서를 휙휙 넘기고 있었다. 토리는 안녕이라는 간단한 말 한마디가 데이비드에게 어떤 영향을 끼치고 있는지 모르고 있었다.

나는 얼굴이 없어, 하고 데이비드는 생각했다.

데이비드는 래리가 얼굴을 잃는 것에 대해 한 이야기를 생각하고 있었다.

'만약 내가 얼굴이 있으면, 그냥 토리 윌리엄스한테 가서 내 감정을 말했을 거야. 내가 얼굴이 있으면, 로저와 그의 친구들이 나를 무시하도록 내버려 두지 않았을 거야. 걔들이 하는 멍청한 농담에 웃지도 않았을 거야. 그리고 절대로 걔들하고 베이필드 할머니의 지팡이를 훔치러 가지 않았을 거야. 할머니를 지켜 주었을 테고, 괴롭히지 말라고 말했을 거야. 할머니에게 손가락 욕을 하는 대신에 사과를 했을 거야. 나는 손가락은 있지만, 얼굴은 없어. 어쩌면 내 도플갱어가 내 얼굴을 갖고 있을지도 몰라.'

데이비드는 무엇을 해야 할지 깨달았다. 베이필드 할머니의 집으로 다시 가서 죄송하다고 말하는 것이었다. 영영 안 하는 것보다는 늦은 것이 나은 법이다. 만약 할머니가 저주를 내렸다면, 그것이 저주를 없애는 유일한 방법일 것이다. 그러나 저주라는 것이 없다 해도, 여전히 죄송하다고 사과해야 했다. 그 것이 옳은 일이기 때문이다.

데이비드는 해야 할 일을 알고 있었지만, 그 일을 하지 않으리라는 것도 알고 있었다. 얼굴이 없는 사람이니까.


모가 쉬는 시간에 데이비드에게 말했다.

"우리가 알아냈어! 너의 저주를 없애는 법을 알았어! 래리가 알아냈어."

래리가 빙긋 웃었다.

"아주 간단했어. 왜 진작 그 생각을 못 했나 몰라."

데이비드가 나지막이 말했다.

"나도 알아. 베이필드 할머니에게 사과하는 거야."

래리가 말했다.

"어? 아니야. 그건 효과 없을 거야. 내가 다 알아냈어."

모가 맞장구쳤다.

"정말이야. 완벽해."

"뭔데?"

데이비드가 묻자 래리가 대답했다.

"네 머리에 레모네이드 한 주전자를 부어야 해."

래리는 파란색 선글라스 뒤에서 자랑스럽게 웃었다.

"너 미쳤어?"

"베이필드 할머니는 너에게 부메랑 저주를 내린 거야. 사실 호주에서는 꽤 흔한 거야."

모가 말했다.

"래리는 호주에서 6개월 동안 살았어."

데이비드는 그 말에 새삼스레 놀라지 않았다.

래리가 데이비드에게 말했다.

"네가 베이필드 할머니에게 한 일이 모두 너에게 일어났지? 고전적인 호주 부메랑 저주야. 다만 네가 아직 머리에 레모네이드 한 주전자를 붓지 않은 게 문제야. 네가 그것만 하면, 드디어 부메랑이 완전히 한 바퀴를 돌아서 저주가 끝날 거야."

"말도 안 돼! 난 내 머리에 레모네이드 안 부을 거야."

"들어 봐. 어차피 일어날 일이야. 이 방법은 적어도 통제된 상태에서 하는 거야. 나하고 모와 함께 집에서 할 거니까. 너는 예상하지 않은 상황에서 그런 일이 일어나면 좋겠어? 여기 학교에서? 아니면 토리 앞에서?"

모가 말했다.

"래리 말이 맞아."

데이비드가 말했다.

"어차피 일어날 일이 아닐 수도 있어. 저주가 이미 풀렸을지도 모르잖아."

래리가 말했다.

"좋아. 그럼 토리한테 가서 데이트 신청해 봐."

"안 돼. 저주가 풀렸을 수도 있고 아직 안 풀렸을 수도 있잖아. 아직은 몰라. 영원히 모를 수도 있고. 더구나 토리는 벌써 토요일에 랜디랑 데이트했을걸."

래리와 모가 차례로 말했다.

"그럼 이번 주 토요일 데이트 신청을 하면 되겠네."

"내가 보기에, 너는 저주를 무서워하는 게 아닌 것 같아. 토리를 무서워하는 거지."

"나는 토리를 무서워하지 않……."

모가 데이비드의 말허리를 자르며 말했다.

"그럼 머리에 레모네이드를 한 주전자 부어 봐."

래리가 말했다.

"그 방법밖에 없어."

모가 말했다.

"그러면 너는 토리랑 데이트할 수 있어. 네가 겁쟁이가 아니라면."


학교가 끝난 뒤, 모와 래리는 머리에 레모네이드 붓는 것을 지켜보기 위해 데이비드와 함께 집으로 갔다.

데이비드가 물었다.

"왜 너희가 지켜봐야 해? 왜 그냥 나 혼자 하면 안 돼?"

래리가 말했다.

"항상 목격자가 있어야 돼."

데이비드는 이것이 말도 안 된다고 생각했다. 자기가 정말로 저주를 받았다고 생각하지 않았으며, 설사 저주를 받았다 하더라도 이것으로 저주가 풀릴 것이라는 보장도 없었다.

'부메랑 저주! 지금 장난해? 래리는 도대체 어디서 이런 것들을 찾아오는 걸까?'

데이비드는 냉동실 문을 열어 얼린 레모네이드 농축액 캔을 꺼냈다.

"효과 없을 거야. 이건 핑크 레모네이드이니까."

모가 물었다.

"그런데?"

"그런데 베이필드 할머니의 레모네이드는 핑크 레모네이드가 아니었어."

모가 전문가 래리에게 물었다.

"차이가 있을까?"

래리가 턱을 문지르더니 딱 잘라 말했다.

"상관없어. 레모네이드이기만 하면 돼."

데이비드는 믿을 수 없다는 듯이 래리를 바라보았다. 데이비드는 캔 뚜껑을 딴 다음 내용물을 믹서에 털어 넣었다. 그리고 물을 네 컵 부었다. 그러고는 믹서 바닥에 있는, 똥처럼 생긴 분홍색 덩이들을 물끄러미 보았다.

모가 말했다.

"믹서를 켜."

데이비드가 물었다.

"만약 너희들도 저주의 일부이면 어떻게 해?"

래리가 물었다.

"무슨 말이야?"

"베이필드 할머니가 어떤 방법을 써서 너희 머릿속으로 들어가서, 머리에 레모네이드 한 주전자를 붓도록 나를 설득하게 만든 것일 수도 있잖아."

래리가 말했다.

"내 머릿속으로는 안 들어왔어. 들어왔으면 내가 알았을 거야. 적어도 내 생각에는 그래."

데이비드가 말했다.

"내 말은 뭐냐면, 이 방법이 아니면 내가 머리에 레모네이드를 부을 일은 절대로 없을 것 같거든."

"그건 모르는 일이지."

"나한테 일어난 모든 일은 내가 직접 한 거야. 내가 부모님 방의 창문을 깼어. 내가 엄마한테 손가락 욕을 했어. 내가 지퍼 올리는 것을 잊어버렸어. 내가 과학 수업 때 비커를 떨어뜨렸어. 내가 의자 뒤로 너무 기대는 바람에 넘어졌어. 그런데 내가 내 머리에 레모네이드를 붓는 일은 절대로 없을 것 같은데."

모가 말했다.

"저주는 저주니까."

래리가 말했다.

"너는 어차피 너한테 레모네이드를 붓게 돼 있어. 최소한 지금은 통제된 상태잖아. 폭탄 처리반이 폭탄을 폭발시키는 것하고 똑같아. 폭탄은 어차피 터지지만, 최소한 아무도 다치지는 않잖아."

데이비드는 믹서의 버튼을 눌렀다. 순식간에 거품이 있는 핑크 레모네이드 한 주전자가 준비되었다. 세 아이는 그것을 가지고 뒷마당으로 갔다.

데이비드가 꼬집어 말했다.

"난 예전에는 너희하고 친구가 아니었어. 베이필드 할머니가 나에게 저주를 내렸을 때까지 우린 친구가 아니었어."

모가 물었다.

"그게 무슨 뜻이야?"

"베이필드 할머니가 너희하고 나를 친구가 되게 한 것일 수도 있잖아. 래리가 예전에 호주에 살았다는 것을 할머니가 알았을 수도 있어. 네가 나한테 머리에 레모네이드를 붓게 만들리라는 것도 알았을지도 모르고."

모가 다그쳤다.

"야, 너 토리랑 데이트를 하고 싶어, 안 하고 싶어?"

"당연히 토리하고 데이트하고 싶지."

"흠, 그러면 입 닥치고 머리에 붓기나 해!"

데이비드는 윗도리를 벗고 잔디 위에 앉았다. 그러고는 레모네이드가 든 유리 주전자를 어깨 높이까지 올렸다.

"이건 정말 멍청한 짓이야."

데이비드는 유리 주전자를 가만히 든 채로 바닥에 등을 대고 누웠다.

모가 말했다.

"어서 해."

데이비드는 숨을 참고 유리 주전자를 기울였다. 처음에는 천천히 기울였다. 레모네이드 두어 방울이 이마로 떨어졌다. 데이비드는 갑자기 유리 주전자를 확 기울여 레모네이드 전부를 얼굴로 퍼부었다.

래리와 모가 까르르 웃었다.

래리가 물었다.

"기분이 어때?"

"얼간이가 된 기분이야. 쫄딱 젖고 끈적거리는 얼간이."

래리와 모는 또다시 까르르 웃었다.

데이비드는 아까 윗도리가 젖을까 봐 벗어 두었다. 그런데 이제 윗도리를 집어 얼굴을 닦고 있었다.

모가 물었다.

"저주가 어떻게 됐어? 사라졌어?"

데이비드가 일어서면서 말했다.

"모르겠어. 몸이 조금 가벼워진 것 같기도 하고. 그동안 무거운 짐을 들고 다녔는데, 짐이 없어진 것 같다고나 할까."

래리가 말했다.

"그게 저주야."

모가 말했다.

"가서 토리한테 전화해."

데이비드가 말했다.

"아직은 안 돼. 저주가 정말로 사라졌는지 확인해야 해. 한 달 기다려 보고 저주의 기미가 안 보이면 그때 전화할게."

모가 소리쳤다.

"한 달이나!"

데이비드가 말했다.

"삼 주."

"하루. 더 이상은 안 돼!"

"저주가 정말로 사라졌는지 확인해야 해."

래리가 말했다.

"삼 일. 그게 호주에서는 표준 대기 시간이야. 그러니까 아직도 토리한테 이번 토요일에 만나자고 할 수 있어."

래리는 시계를 보고는 다시 말했다.

"지금이 월요일 4시 17분이야. 만약 목요일 4시 17분까지 저주가 발동하지 않으면, 그때는 토리한테 전화해야 돼."

# 23

래리와 모는 집으로 돌아갔다. 데이비드는 믹서와 젖은 윗도
리를 들고 집 안으로 들어갔다.

리키가 부엌 조리대에 앉아 있었다. 리키는 조리대 위로 올
려 포갠 두 팔에 얼굴을 파묻고 있었다.

데이비드가 말했다.

"안녕, 리키. 무슨 일 있니?"

리키는 대답하지 않았다.

데이비드는 믹서의 유리 용기를 싱크대에 넣고 동생에게 걸
어갔다. 그리고 리키의 어깨에 손을 얹으며 말했다.

"왜 그래?"

리키는 손을 뿌리치고는 데이비드를 쳐다보았다. 리키의 눈

이 운 것처럼 빨갛게 부어 있었고, 얼굴은 지저분하고 멍이 들어 있었다. 리키는 재빨리 일어나 복도로 향했다.

데이비드가 쫓아가면서 동생을 불렀다.

"리키?"

"저리 가! 형 싫어!"

리키는 자기 방으로 들어가 버렸다.

데이비드는 다시 부엌으로 가서 믹서의 유리 용기를 씻었다. 무슨 일이 있었든지 리키는 괜찮아질 거라고 데이비드는 생각했다. 그런데 왠지 이 일이 자기가 바보 삼총사 중 한 명이라는 사실을 리키가 알게 된 것과 관련이 있을 것 같은 느낌이 들었다.

'흠, 내가 대단한 사람이라고 내 입으로 말한 적은 없어. 나를 과대 포장한 건 리키 쟤야. 어차피 조만간 진실을 알 필요가 있었어. 내 잘못이 아니야.'

믹서의 유리 용기가 데이비드의 손에서 미끄러져 바닥으로 떨어졌다. 데이비드는 겁에 질려 그릇을 바라보았다.

깨지지 않았다.

데이비드는 고개를 절레절레 저었다. 아슬아슬했어, 하고 그는 생각했다. 주전자가 깨졌더라면, 저주가 돌아왔다는 뜻이고, 그러면 토리에게 데이트를 신청할 수 없게 될 것이었다.

데이비드는 베이필드 할머니가 저주를 내렸다고 자신이 정말로 믿고 있는지 확실하게 결정을 내리려고 애썼다. 믿지 않는 것 같았다. 그런데 만약 할머니가 정말로 저주를 내렸다면, 머리에 레모네이드를 붓는다고 저주를 없앨 수 있는 것일까? 그렇지 않을 것 같았다. 그런데 만약 저주를 풀어서 목요일 오후까지 아무 일도 일어나지 않는다면, 정말로 토리 윌리엄스에게 데이트를 신청할 용기가 있을까? 그렇지 않을 것 같았다. 그런데 만약 데이트를 신청하면, 토리가 받아 줄까? 그렇지 않을 것 같았다.

다음 날 아침, 데이비드는 맥팔랜드 선생님의 수업에 들어가다가 토리를 만났다. 토리가 웃으면서 말했다.

"좋은 아침, 데이비드 군."

데이비드는 토리의 말을 못 들은 척 고개를 돌리고는 자기 책상 쪽으로 걸어갔다. 지금 토리에게 말을 거는 것은 의미가 없었다. 목요일 4시 17분까지 저주가 발동하지 않으면, 전화를 해서 데이트를 신청할 생각이었다. 지금 말을 걸어서 일을 복잡하게 만드는 것은 무의미했다. 어차피 토리는 랜디를 좋아하고 있을지도 모르는 일이었다.

데이비드는 의자 뒷다리 두 개로 균형을 잡으며 등받이에 등을 한껏 기댔다.

쉬는 시간에 래리가 물었다.

"그래, 오늘 무슨 나쁜 일 일어났니?"

데이비드가 어깨를 으쓱하고는 대답했다.

"내 동생이 나를 싫어해."

데이비드는 잔디밭에 앉아 실눈으로 해를 보고 있었다.

모가 물었다.

"그것도 저주의 일부야?"

"아니, 그건 아닌 것 같아. 나는 베이필드 할머니의 남동생이 할머니를 싫어하게 만들 만한 행동은 안 했으니까."

래리와 모가 차례로 말했다.

"내 여동생도 나를 싫어해. 그렇다고 내가 저주를 받은 건 아니잖아."

"나는 내 남동생을 싫어해."


화요일 오후 7시까지도 저주는 발동하지 않았다. 적어도 데이비드가 아는 한은 그랬다.

'어쩌면 저주가 일어났는데 내가 못 알아차린 것일지도 몰라.'

데이비드는 그런 걱정을 했다.

데이비드는 서재에 있는 소파에 누워 텔레비전을 보고 있었다.

"짐 록퍼드입니다. 삐 소리가 나면 이름과 메시지를 남겨 주세요. 다시 연락드리겠습니다."

리키가 서재 안으로 들어왔다. 리키는 잠시 데이비드 앞에 서서 시야를 가렸다. 그러고는 리모컨을 들더니 레슬링 경기로 채널을 바꾸었다.

데이비드는 아무 말도 하지 않았다. 그는 리키가 자기 못지않게 《록퍼드 파일》 재방송을 좋아한다는 사실을 알고 있었다. 그리고 둘 다 레슬링이 한심하다고 생각하고 있다는 것도 알고 있었다.

리키는 리모컨을 들고 소파에 앉은 다음 발걸이 의자에 발을 얹었다.

"카드놀이 같은 거 하고 싶니?"

리키는 텔레비전 화면을 뚫어져라 바라보았다.

레슬링 선수 한 명이 상대방을 바닥에 내리꽂자 리키가 소리쳤다.

"우아, 멋지다! 잘한다!"

"너는 레슬링이 한심하다고 생각하잖아."

"아니거든! 형이 한심하다고 생각한다고 해서 나도 한심하다고 생각해야 되는 건 아니야. 형이 좋아하는 것을 내가 다 좋아할 필요도 없고. 나는 《록퍼드 파일》이 한심하다고 생각해!"

리키는 그렇게 쏘아붙이고는 다시 텔레비전 화면을 보았다.

한 레슬링 선수가 다른 레슬링 선수의 얼굴을 밟는 것과 동시에 다리를 꺾고 있었다.

리키가 소리쳤다.

"오, 우아, 끝내준다!"

데이비드는 일어서서 방을 나가려고 했다.

리키가 등 뒤에서 큰 소리로 말했다.

"한심한 건 형이야!"


수요일 아침, 데이비드는 의자 뒷다리로만 균형을 잡으며 의자에 등을 기댄 채로 토리의 옆얼굴을 물끄러미 바라보았다.

'너는 모르겠지만, 오늘하고 내일 아무 일도 일어나지 않으면, 너한테 데이트 신청을 할 거야.'

데이비드의 배 속이 꿀렁거렸다.

데이비드는 대화를 상상해 보았다.

토리가 전화를 받을 것이다.

'여보세요?'

'좋은 저녁, 윌리엄스 양. 밸린저 군이야.'

'좋은 저녁, 밸린저 군.'

데이비드는 윌리엄스 양이라고 부르는 것이 데이트를 신청하기에 더 쉬울 것 같다고 판단했다. 차를 마시러 가자고 하는 것도 괜찮을 성싶었다.

'저기, 윌리엄스 양, 혹시 나하고 차 한잔 같이할 수 있을까?'

'좋아, 밸린저 군.'

"밸린저 군!"

맥팔랜드 선생님이었다.

데이비드가 똑바로 앉자 의자가 앞으로 휙 움직였다.

"네."

"모든 사람에게 행복할 권리가 있나?"

데이비드는 맥팔랜드 선생님이 무슨 이야기를 하는지 몰랐지만, 질문을 한 방식에서 답을 짐작할 수 있었다.

"아니요."

"맞았어. 그런데 독립 선언문에는 모든 사람이 행복을 추구할 권리가 있다고 나와 있어. 행복할 권리와 행복을 추구할 권리는 어떤 차이가 있지?"

"그건 말이죠, 음……."

데이비드가 아는 척하려고 애쓰고 있었다.

"모든 사람이 항상 행복하지는 않을 거예요. 제 생각에 대부분의 사람들은 거의 행복하지 않은 것 같습니다. 아마도 행복하기 위해서는 가끔 슬퍼야 할 것 같습니다. 무엇인가를 원한다고 생각했는데, 막상 그것을 가지면 행복하지 않은 경우도 있습니다. 그것을 가졌을 때보다 그것을 추구할 때 더 행복할 수도 있습니다."

데이비드는 방금 한 대답이 말이 되는 소리인지 아닌지 알 수 없었다.

맥팔랜드 선생님이 말했다.

"엄브리지 군, 이 말은 행복을 추구하기 위해서는 어떤 일이든 할 수 있는 권리가 있다는 뜻인가? 대마초를 피우는 것이 행복하다면, 대마초를 피울 권리가 있나?"

"아니요."

"왜 그렇지?"

"그 사람에게 해로우니까요."

"그것은 정부가 정할 사안일까? 아니면 사람들이 스스로 선택하도록 허용되어야 할까? 담배는 해롭지만 불법은 아니야. 술도 해로워. 심지어 텔레비전도 해로워. 텔레비전이 심각한 뇌 손상을 일으킨다는 연구 결과가 나오면 어떻게 될까? 정부가 텔레비전 시청을 불법으로 만들 권리가 있을까? 피터스 양."

"저는 정부가 텔레비전을 불법으로 만들 수 없을 거라고 생각합니다. 담배하고 똑같습니다. 담배 회사들이 너무 힘이 셉니다. 너무 많은 사람들이 직장을 잃을 것이고 또……."

종이 울렸을 때, 데이비드는 토리 윌리엄스가 아침 인사를 하지 못하도록 서둘러 자리에서 일어나 문으로 향했다.


점심시간에 모가 데이비드에게 물었다.

"오늘 학교 끝나고 우리랑 공원에 갈래? 범죄자들이 쓰레기 줍는 것을 구경하러 갈 거야."

래리가 설명을 했다.

"매주 수요일에 범죄자들이 쓰레기를 주우러 공원에 오거든."

모가 말했다.

"강도들하고 살인자들이야."

래리가 말했다.

"살인자들이 있는지는 모르겠어. 내 생각에는, 대부분 음주 운전자들하고 가게 좀도둑들이야."

모는 실망한 표정이 또렷했다.

"아, 나는 살인자들이 있을 줄 알았는데."

래리가 말했다.

"살인자들이 몇 명 있을 수도 있겠지."

데이비드는 자기가 함께 가는 것을 래리가 바라지 않을 것이라고 생각했다.

"미안. 나는 못 가. 더구나 내가 아직 저주에 걸려 있을 수도 있는데 살인자들 가까이 가는 것은 좋은 생각이 아닌 것 같아."

래리가 말했다.

"저주는 사라졌어. 레모네이드가 해결해 버렸잖아."

"그냥 조심하고 싶어서 그래. 네가 사흘이 표준 대기 시간이라고 했잖아."

모가 말했다.

"너는 토리한테 데이트 신청을 하지 않아도 되려고 저주에 걸리고 싶어 하는 것 같다."

"허튼소리 좀 작작 해."

래리와 모는 이상한 눈초리로 데이비드를 바라보았다. 데이비드가 '허튼소리 좀 작작 해.'라고 말하는 것이 왠지 이상하게 들렸다.

데이비드 역시 기분이 이상했고, 그 말을 하자마자 얼굴이 빨개졌다.

점심시간이 끝난 뒤, 데이비드는 체육 수업을 들으러 가고 있었다.

토리가 데이비드 옆으로 와서 총총 걸으며 말했다.

"안녕, 밸린저 군."

데이비드는 땅을 보며 중얼거리듯이 말했다.

"안녕."

"네가 홈룸에서 행복에 대해 한 이야기 정말 좋았어. 행복하려면 슬퍼야 한다는 말."

"그래, 음, 그냥 아무 말이라도 해야 했으니까."

데이비드는 그렇게 말하고는 후다닥 남자 탈의실로 들어갔다.

"잘 가, 데이비드."

데이비드는 등 뒤에서 들려오는 토리의 말을 들었다.

데이비드는 줄지어 있는 사물함을 따라 걸어갔다. 최근에 그는 체육 시간이 무서워지기 시작했다. 공격당하기 아주 쉽다는 느낌이 들었기 때문이다. 특히 옷 갈아입을 때에 그랬다. 지금까지는 모욕적인 말을 몇 번 들은 것 빼고는 거의 괴롭힘을 당하지 않았다. 그러나 로저와 그의 친구들이 자신의 옷을 훔치거나 속옷을 얼굴에 씌울지도 모른다는 생각이 자꾸만 들어 두려웠다.

데이비드는 축구를 할 때 너무 많이 뛰어다니지 않으려고 노력했다. 샤워를 하지 않으려면 땀을 너무 많이 흘려서는 안 되었기 때문이다. 체육 시간이 끝나고 탈의실로 돌아온 데이비드는 잽싸게 옷을 갈아입고 화장실로 가서 찬물로 세수를 했다.

"네 동생이 너보다 배짱이 좋더라."

로저 델브룩이었다. 그는 화장실 거울 앞에서 머리를 빗고 있었다.

"물론 글렌이 패 버리기는 했지만, 적어도 걔는 맞서 싸웠더라. 너로서는 상상도 할 수 없는 일이지. 너는 그냥 가만히 서 있기만 하잖아. 마치……."

그때 체육 선생님이 화장실로 들어왔다.

데이비드는 밖으로 나갔다. 여자 탈의실에서 나오는 토리 윌리엄스가 보였다. 데이비드는 토리가 자기를 보기 전에 잽싸게 몸을 돌렸다.


엄마가 물었다.

"너랑 리키랑 무슨 일 있니? 걔가 너 싫다고 하던데."

데이비드는 책상에 앉아 숙제를 하고 있었다.

"저도 모르겠어요."

"네가 가서 이야기해 보는 게 좋을 것 같아."

"지금 숙제하고 있잖아요."

데이비드는 로저의 말대로 글렌이 정말로 리키를 패 버렸는지 궁금했다. 그 일 때문에 리키가 형을 미워하게 된 것일까?

데이비드는 옷장에서 야구공과 글러브를 꺼낸 다음 동생 방으로 갔다. 어찌나 긴장이 되던지, 데이비드 자신도 놀랄 정도였다.

"저기, 캐치볼 할래?"

리키는 읽고 있는 책에 눈길을 고정한 채 고개도 들지도 않았다.

데이비드는 글러브 안으로 공을 던지면서 리키 방에 서 있었다.

리키가 책을 내려놓았다.

"원하는 게 뭐야?"

"너, 글렌 델브룩하고 싸웠니?"

"왜 그게 신경이 쓰이는데?"

"신경 쓰이지. 나는 네 형이잖아."

"불행하게도!"

"내가 뭘 어쨌는데? 내가 뭘 어쨌는지 말해 봐!"

"형은 바보잖아!"

"잘 들어. 로저가 그냥 나를 놀리는 거야. 그게 바로 개의 문제야. 하지만 나는 놀리는 것에 상처 안 받아."

"하지만 맞는 말이잖아! 형은 바보야. 형하고 형의 바보스러운 친구들이 하는 것 봤어. 형은 레모네이드 한 주전자를 머리에 부었잖아."

"들어 봐. 나는⋯⋯."

리키가 다그쳤다.

"왜 그랬어? 형이 바보가 아니라면, 왜 그런 건데?"

데이비드는 뭐라고 말해야 할지 몰랐다. 리키에게 저주에 대해 어떻게 말한단 말인가? 리키는 형을 더 심각한 멍청이라고 생각할 게 뻔했다. 리키는 저주를 믿기에는 너무 똑똑했다.

리키가 말했다.

"바보!"

데이비드는 뒷마당으로 나갔다. 야구공을 지붕 위로 던졌다가 공이 굴러떨어지면 받았다. 데이비드는 다시 공을 위로 던졌다. 공은 순간적으로 시야에서 사라졌다가 지붕에서 떨어졌고, 데이비드는 몸을 날려 공을 받았다.

부엌에서 엄마가 큰 소리로 말했다.

"조심해. 벌써 유리창 하나 깼잖아."

"안 그럴게요."

데이비드는 창문 바로 위에 있는 지붕 위로 공을 던졌다.

# 24

목요일.

데이비드는 신발은 안 신고 양말만 신고 있었다.

"제가 오렌지주스를 만들었어요. 마시고 싶은 사람?"

데이비드는 손에 유리 주전자를 들고 있었다.

엄마가 말했다.

"정말 착하네, 우리 아들. 고맙다."

데이비드는 한 손으로 잔을 들고 다른 한 손으로 유리 주전자를 들어 엄마에게 줄 주스를 따랐다. 엄마에게 주스를 건넬 때 손이 살짝 미끄러졌다.

"아빠는요?"

"물론 마셔야지. 조심하렴. 너무 꽉 채우지는 마."

데이비드는 단 한 방울도 흘리지 않았다.

리키가 부엌으로 들어서자 데이비드가 물었다.

"리키, 너도 오렌지주스 마실래?"

"난 목 안 말라."

데이비드는 유리 주전자를 내려놓았다.

리키는 뚜벅뚜벅 걸어와 유리 주전자를 들더니 직접 오렌지주스를 한 잔 따랐다.


학교에 온 데이비드는 토리 윌리엄스를 보았다. 하지만 아무 말도 하지 않았다. 이번에는 토리도 아무 말도 하지 않았다. 마치 데이비드가 눈앞에 없는 사람인 것처럼 지나갔다.

데이비드는 쉬는 시간에 친구들에게 말했다.

"토리가 나를 안 좋아하는 것 같아."

모가 말했다.

"네가 너무 겁쟁이라 데이트 신청을 못 하고 있을 뿐이야."

"아니, 그게 아니야. 토리는 항상 나를 무시해. 이제 나한테 인사도 안 하는걸. 랜디를 좋아하는 것 같아."

모가 말했다.

"그래도 오늘 토리한테 전화해야 돼."

데이비드가 말했다.

"저주가 발동하지 않아야지. 4시 17분까지는 아직 시간이 있어."

래리가 말했다.

"너는 꼭 저주가 나타나기를 바라는 것처럼 말한다."

"아니야. 그렇지 않아. 그냥 저주가 사라졌다는 것을 확실하게 확인하고 싶을 뿐이야."

모가 말했다.

"토리한테 전화하는 것이 무섭나 봐."

데이비드가 화제를 바꾸려고 물었다.

"그나저나 범죄자들이 쓰레기 줍는 것 보러 갔니?"

모가 소리쳤다.

"응! 진짜 무서웠어. 너도 같이 갔어야 하는데. 강도들하고 살인자들이 있었어. 너도 봤으면 그 사람들이 탈출을 계획하고 있다는 걸 알 수 있었을 거야."

래리가 말했다.

"범죄자 한 명이 모한테 말을 걸었어."

모가 입이 귀에 걸리도록 활짝 웃고는 말했다.

"무시무시했어!"

데이비드가 물었다.

"그 사람이 뭐라고 말했는데?"

"난 한마디도 빼지 않고 다 기억하고 있어. 우리가 이상하게 생긴 노랗고 빨간 꽃이 핀 나무들 옆에 앉아 있었는데, 그 남자가 바로 내 옆에서 종이를 주웠어!"

래리가 말했다.

"모가 종이를 일부러 거기에 놔뒀어. 그 사람이 우리 가까이 오게 만들려고."

모가 말했다.

"내 수학 시험지였어. 내 이름도 쓰여 있었어! 다행히 주소는 안 쓰여 있었지."

"그 사람이 너한테 뭐라고 말했어?"

모가 겁먹은 듯이 눈을 크게 뜨고 데이비드를 보며 대답했다.

"'꽃이 예쁘네.'라고 말했어."

데이비드는 과학 시간이 끝난 뒤 남아서 실험 도구와 화학 물질을 정리하는 루가노 선생님을 도왔다. 루가노 선생님이 미리 주의를 주었다.

"아무것도 떨어뜨리지 않도록 조심하렴."

"그럴게요."

데이비드는 아무것도 떨어뜨리지 않았다.

점심시간에 래리가 데이비드에게 말했다.

"있잖아, 내가 생각해 봤는데, 토리랑 데이트하는 게 무서우면……."

"무섭지 않다니까."

데이비드는 등을 대고 누워 팩에 든 레모네이드를 마시고 있었다.

래리가 말했다.

"음, 이렇든 저렇든 간에, 내가 생각해 봤는데, 더블데이트 같은 걸 하면 네가 토리한테 데이트 신청하기가 더 쉬울 수도 있을 것 같아."

모가 말했다.

"응?"

래리가 모에게 말했다.

"그냥 이런 생각이 들더라고. 너하고 나하고 데이트하는 척 할 수도 있겠다는 생각. 진짜로 데이트를 하는 건 아니고, 그 냥 데이트를 나온 척하는 거지."

래리는 파란색 선글라스를 고쳐 썼다.

"예를 들어, 만약 데이비드가 팔로 토리의 어깨를 감싸고 싶으면, 나한테 신호를 보내는 거야. 그럼 내가 팔로 너의 어깨를 감싸는 거지. 나는 그냥 하는 척만 하는 거지만, 토리는 그걸 모를 거야."

"오, 음, 그래. 그 덕분에 데이비드가 더 쉽게 할 수만 있다면, 뭐. 그러지, 뭐."

"그래, 어디 가고 싶니?"

"영화 보러 가면 되겠네."

"좋아. 공포 영화 보러 가자! 그래야 토리가 데이비드의 손을 잡거나 팔을 움켜잡고 싶을 테니까."

"나도 네 팔을 잡을게. 하지만 딴 뜻이 있는 건 아니야."

"그렇지."

데이비드가 둘의 대화에 끼어들어 한 가지 사실을 상기시켰다.

"이제 겨우 12시 조금 넘었어. 아직 네 시간이나 남았다고."

래리와 모가 묻지는 않았지만, 데이비드는 그들의 '가짜' 데이트가 좋은 아이디어라고 생각했다. 그렇게 하면, 토리에게 전화해서 '나하고 친구들하고 영화 보러 갈 건데, 너도 갈래?'라고 말할 수 있을 테니까.

물론 저주가 먼저 발동하지 않는다면 말이다.

학교가 끝난 뒤, 모와 래리는 데이비드가 속임수를 쓰지 않도록 감시하기 위해 데이비드 옆에 꼭 붙어 있었다.

데이비드는 이렇게 말했다.

"난 속임수 안 써. 내가 왜 속임수를 쓰겠어?"

래리와 모는 계속 '가짜' 데이트 계획을 세웠다. 《죽지 않는 혀》를 보기로 결정했다. 무서운 영화라서 토리에게 키스 생각이 나도록 할 것이라고 생각했기 때문이다.

데이비드가 말했다.

"저주가 이미 발동했는데, 우리가 모르고 있는 것일 수도 있어."

"저주가 발동했으면 당연히 알……"

래리가 말을 하다가 멈추었다.

로저와 스콧과 랜디가 여자아이 세 명과 함께 자전거 보관대 근처에서 놀고 있었다. 로저는 레슬리와 함께 있었다. 스콧은 진저와 함께 있었다. 랜디는 토리와 함께 있었다.

데이비드가 토리를 보자마자 토리도 데이비드를 보았다. 토리는 뒤로 홱 돌아 랜디에게 뭐라고 말했다.

데이비드와 그의 친구들은 계속 걸어갔다.

모와 랜디가 차례로 말했다.

"토리가 랜디를 좋아하는지 안 좋아하는지 모르잖아. 그냥 자전거를 가지러 간 것일 수도 있어."

"그냥 우연의 일치야. 랜디가 거기에 있을 때 토리가 우연히 거기에 있었던 거지."

데이비드는 이렇게 말했다.

"토리가 랜디한테 말을 걸었잖아."

모가 말했다.

"그건 아무 의미 없어. 랜디가 길을 막고 있었을 수도 있잖아. 아마 '비켜, 얼간이야!'라고 말했을걸."

래리가 말했다.

"아무튼 너는 토리한테 데이트 신청을 해야 해."

데이비드는 모와 래리가 어떤 것도 자신들의 가짜 데이트를 방해하지 않기를 바라고 있다는 것을 깨달았다.

"저주가 발동하지 않으면."

데이비드는 그렇게 말했다.

세 아이가 데이비드의 방에 들어섰을 때, 침대 옆에 있는 라디오 시계가 3시 33분을 가리키고 있었다.

래리가 말했다.

"3이 세 개네. 행운의 징조야."

데이비드가 말했다.

"벌써 저주가 발동한 것 같아. 그게 정확히 뭔지 내가 모르고 있을 뿐이지. 어떤 때는 정말로 미묘하게 나타나거든."

래리와 모는 데이비드의 말을 믿지 않았다.

"그럼 이제 뭐 할까?"

데이비드가 묻자, 모가 대답했다.

"아무것도 안 할 거야. 그냥 기다려야지."

리키가 형 방을 지나가면서 데이비드와 그의 바보스러운 친구들을 보고는 얼굴을 찌푸렸다.

3시 45분이었다.

데이비드가 제안했다.

"뒷마당에 나가서 공 던지면서 놀래?"

래리가 말했다.

"그럴 수는 없지. 4시 17분이 될 때까지 여기 이대로 있을 거야."

데이비드가 말했다.

"마실 것 좀 가져올까? 내가 가서 레모네이드 좀 만들어 올게."

모와 래리는 데이비드의 어깨를 한 쪽씩 잡고는 옴짝달싹 못 하게 했다. 모가 말했다.

"우리는 목 안 말라."

데이비드가 말했다.

"저주에 저항할 수는 없어. 저주가 모습을 드러내고 싶으면 우리가 레모네이드를 마시든 말든 발동할 거야."

시계는 3시 57분을 가리키고 있었다.

데이비드는 생각했다.

'어서 와, 저주야. 발동할 거면 지금 당장 해!'

4시 5분이었다.

데이비드가 말했다.

"화장실 가야 해."

모가 말했다.

"아직은 안 돼."

"야, 내가 바지에 싸면 좋겠니? 그것도 저주의 일부일 수 있어."

래리가 말했다.

"내가 같이 갈게."

"나도 화장실 정도는 혼자 갈 수 있거든."

"내가 같이 갈 거야."

모가 경고했다.

"아무것도 못 하게 해."

래리가 데이비드와 함께 화장실에 들어가 있는 동안 모는 문 밖에서 기다렸다. 데이비드는 볼일을 보고 물을 내린 다음 손을 씻고 문 쪽으로 걸어갔다.

래리가 말했다.

"지퍼."

데이비드가 말했다.

"지금 올리려고 했어."

데이비드는 지퍼를 올렸다.

모가 물었다.

"어떻게 됐어?"

래리가 말했다.

"얘가 지퍼를 연 채로 나가려고 했어. 하마터면 너 쟤 속옷 볼 뻔했어!"

데이비드가 소리쳤다.

"안 그랬거든! 내가 그럴 거라고 생각하다니 정말 믿을 수가 없네!"

래리와 모는 마치 데이비드가 죄수라도 되는 듯이 그를 방으로 데려갔다. 4시 13분이었다.

세 아이는 시계의 숫자가 바뀌는 것을 지켜보았다. 4시 15분…… 4시 16분.

데이비드는 지붕이 내려앉기를 바라기라도 하는 것처럼 천장을 올려다보았다.

4시 17분.

# 25

모와 래리는 데이비드가 그 자리에서 당장 토리에게 전화하기를 바랐지만, 데이비드는 그날 밤에 전화하는 것이 더 좋을 것 같다고 그들을 설득했다. 결국 모가 여자아이들은 밤에 더 낭만적이 된다는 것에 동의했다.

그렇지만 모는 이렇게 경고했다.

"하지만 만약 네가 겁쟁이처럼 굴면 내일 아예 학교에 올 생각도 하지 마."

데이비드는 부모님 침대에 앉아 8시 11분이 되기를 기다렸다. 8시 11분에 전화하기로 모와 래리와 함께 정한 터였다. 그래야 즉흥적으로 전화한 것처럼 보일 것 같았기 때문이다. 만약에 정확히 8시나 8시 15분에 전화하면, 토리는 이 전화가 오랫동안 계획되었다는 것을 눈치챌 것이다.

가끔은 아무리 끔찍한 일이라도 친구들이 원하는 대로 할 필요가 있다. 그것을 이제 데이비드는 체득했다. 모든 사람이 늘 그에게 말했던 것과 정반대였다. '그냥 싫다고 말해.' 데이비드는 이 말을 되풀이해 들었다. '친구들로부터 오는 사회적 압력에 굴복해 원하지 않는 일을 하지 마. 너 자신답게 행동하면 돼. 그냥 싫다고 말해. 그것 때문에 친구들이 너를 싫어하면, 진짜 친구들이 아니야.'

하지만 데이비드는 다른 친구가 없었다. 그는 로저와 랜디에게 싫다고 말했다. 그것이 그들이 그를 싫어하는 이유가 되었다.

게다가 래리와 모는 딱히 나쁜 일을 하라고 부탁하고 있는 것도 아니었다. 마약을 하거나 차를 훔치라는 게 아니었다. 그냥 자기들도 데이트를 할 수 있도록 토리 윌리엄스에게 데이트 신청을 하길 바랄 뿐이었다. '그냥 싫다고 말하는 것'과 친구들을 실망시키는 것은 큰 차이가 있다.

이것은 얼굴의 문제이기도 했다. 만약 토리에게 전화하지 않으면, 데이비드는 얼굴을 더욱더 잃게 될 것이다. 더구나 데이비드는 토리와 데이트하고 싶었다. 그러니 뭐가 문제란 말인가?

데이비드는 토리 윌리엄스가 거절할까 봐 두려웠다.

데이비드는 부모님 침대 옆에 있는 작은 탁자에서 전화번호부를 꺼내 윌리엄스가 나올 때까지 페이지를 넘겼다.


"여보세요."

"안녕, 토리, 나 데이비드야."

"아, 안녕, 데이비드. 방금 네 생각을 하고 있었어."

"정말로? 무슨 생각?"

"아, 그건 말해 줄 수 없을 것 같은데."

"나도 너에 대해 똑같은 생각을 하고 있었을지도 몰라."

"그럴 수도 있겠네."

"음, 아무튼 내가 전화한 이유는……, 토요일 밤에 나하고 영화 보러 갈래?"

"좋아. 재미있겠다."

안타깝게도 이 대화는 실제로 일어나지 않았다. 데이비드의 머릿속에서만 일어났다.


"여보세요."

"좋은 저녁, 윌리엄스 양. 밸린저 군이야."

"아, 그래, 용건만 빨리 말해, 밸린저 군. 지금 랜디 전화를 기다리고 있거든."

"아. 그래. 어, 나는, 어, 토요일에 나하고 차 한잔 마시러 가주면 정말 기쁠 것 같은데."

"뭐라고?"

"꼭 차를 마시지 않아도 돼. 그러니까…… 어, 내가 친구들하고 영화 보러 갈 건데, 혹시 같이 가고 싶은가 해서."

"데이트 신청하는 거야?"

"응, 뭐 그런 것 비슷한……. 맞아. 뭐 우리는 데이트하면 안되나?"

"너, 미쳤어? 내가 너하고 얘기하는 이유는 딱 하나, 네가 불쌍해서야. 나 같은 사람이 무엇 때문에 너 같은 바보랑 데이트를 하고 싶겠어? 정신 차려, 컬리!"

이 대화도 실제로 일어나지 않았다.


데이비드는 토리에게 전화를 걸지 않았다. 전화번호부에는 윌리엄스라는 성을 가진 사람이 두 쪽 넘게 있었다.

하나하나 전화를 걸어 토리라는 사람이 살고 있는지 물어볼 수는 없는 노릇이었다. 이것은 모두 이해할 것이다. 만약에 이름이 토리 윌리엄스인 다른 사람이 있으면 어떻게 되겠는가? 다른 토리 윌리엄스에게 데이트 신청을 하면 어떻게 되겠는가?

데이비드는 이튿날 학교에 가서 토리에게 전화번호를 물어 보기로 마음먹었다. 사실 생각하면 할수록 이 아이디어가 마음에 들었다. 데이비드는 토리에게 전화번호를 물을 것이고, 그러면 토리는 왜 전화번호가 궁금한지 물어볼 것이다. 그러면 데이비드는 전화를 걸어 데이트 신청을 하기 위해서라고 답할 것이다. 토리가 전화번호를 주면, 그것은 데이비드와 데이트를 하고 싶다는 뜻이다. 그리고 만약 전화번호를 주지 않으면, 전화를 걸어 거절당할 필요가 없어지는 것이다.

데이비드는 전화번호부를 치우고는 한결 나아진 기분으로 서재로 들어갔다. 엄마와 리키가 텔레비전을 보고 있었다. 리키가 고개를 돌려 데이비드를 향해 인상을 썼다.

데이비드가 비꼬듯이 물었다.

"왜 그래, 리키? 레슬링 경기 안 하나 보지?"

엘리자베스는 바닥에서 블록을 가지고 놀고 있었다. 둥근 구멍 속으로 둥근 모양의 블록을 떨어뜨리고 있었다.

데이비드와 엄마와 리키는 모두 손뼉을 치면서 아주 잘했다고 칭찬했다.

데이비드의 엄마가 물었다.

"왜 요즈음 스콧이 통 안 보이는 거니?"

데이비드는 어깨를 으쓱하고는 우물우물 말했다.

"몰라요. 그냥 관심사가 서로 달라서 그런가 봐요."

리키가 데이비드에게만 들리도록 말했다.

"맞아, 스콧은 바보가 아니니까."

엘리자베스가 말했다.

"바—바."

데이비드가 물었다.

"맘마?"

엘리자베스가 말했다.

"바—바!"

데이비드의 엄마가 말했다.

"사과주스 좀 가져와야겠다."

데이비드가 말했다.

"괜찮아요. 제가 가져올게요."

데이비드는 부엌으로 가서 냉장고에서 사과주스를 꺼냈다. 엘리자베스의 젖병에 주스를 따르면서 그는 베이필드 할머니를 생각했다. 그는 실제로 저주가 없었다 하더라도, 적어도 이제 그 할머니와 자기가 완전히 공평해졌다고 결론 내렸다. 할머니에게 일어난 모든 일이 그에게도 일어났다.

그런데 과연 정말로 공평하게 된 것일까? 만약 베이필드 할머니가 저주를 내린 것이 아니라면? 이 모든 것이 그냥 꼬리를 무는 우연의 연속이었다면? 그렇다면 그에게 일어난 어떤 일도 그가 할머니에게 준 고통을 보상해 주지는 못한다.

데이비드는 무력하게 땅에 누워 머리에 레모네이드를 뒤집어쓴 채로 하늘을 향해 두 발을 뻗고 있는 할머니의 모습을 다시 떠올렸다.

데이비드는 주스를 살짝 데우기 위해 젖병을 전자레인지에 넣고 몇 초 동안 돌렸다. 그런 다음 젖꼭지가 달린 뚜껑을 돌려 잠그고 있을 때 전화벨이 울렸다.

데이비드는 전화를 받았다.

"여보세요? 여보세요?"

아무 대꾸도 없었다.

데이비드는 전화를 끊고 엘리자베스의 젖병을 가지고 서재로 갔다. 그리고 엘리자베스에게 젖병을 주면서 말했다.

"여기 있다! 맛있고 신선한 사과주스!"

엘리자베스가 데이비드에게서 젖병을 받으며 말했다.

"바―바!"

그러고는 머리 위에서 젖병을 거꾸로 뒤집었다. 젖꼭지가 달린 뚜껑이 떨어져 나가고 사과주스가 엘리자베스 얼굴로 쏟아졌다.

## 26

'저주 때문이 아니야.'

데이비드는 침대에 앉아 스스로에게 말했다.

'내가 엘리자베스의 젖병 뚜껑 잠그는 것을 잊어버렸을 뿐이야. 전화가 울렸기 때문에. 내가 막 젖꼭지가 달린 뚜껑을 잠그려고 했을 때 전화가 울렸고, 내가 잊어버린 거야. 누구에게나 일어날 수 있는 일이야.'

데이비드는 전화를 하고 그냥 끊은 사람이 누구인지 궁금했다. 베이필드 할머니였을 수도 있었다. 사과주스가 엘리자베스에게 쏟아지도록 데이비드가 뚜껑 잠그는 것을 잊어버리게 일부러 전화를 한 것일지도 몰랐다.

'아니야, 그 할머니일 리가 없어.'

데이비드는 할머니가 자신의 성을 모른다는 것을 문득 깨달았다. 할머니가 전화번호를 알 수 있는 방법은 없었다.

물론 할머니가 진짜 마녀여서 엘리자베스의 젖병 뚜껑을 잠그려는 순간이 언제인지 정확히 알 수 있다면, 데이비드의 성과 전화번호 그리고 그 밖의 엄청난 것들을 알고 있을 수도 있었다.

"저기, 형."

데이비드가 고개를 돌려 동생을 바라보았다.

리키는 데이비드의 방문 앞에 서 있었다. 리키의 가운뎃손가락이 곧추서 있었고, 데이비드를 향하고 있었다.


금요일 아침에 데이비드는 제일 멋지고 가장 행운을 부른다고 생각하는 옷을 입었다. 데이비드에게는 최대한의 행운이 필요했다. 토리에게 전화번호를 물어봐야 할 뿐만 아니라 모에게 왜 어젯밤에 토리에게 전화를 안 했는지 설명해야 했다.

엄마가 데이비드를 보고는 말했다.

"오늘은 청바지 안 입니?"

데이비드는 어깨를 으쓱했다.

"음, 아주 멋지네."

데이비드는 끈으로 묶는 헐렁한 회색 바지에 칼라와 단추가

없는 긴소매 윗옷을 입었다. 윗옷에는 파란색과 흰색의 가로
줄 무늬가 있었다. 데이비드는 윗옷을 헐렁한 바지 밖으로 나
오도록 입었다. 신발은 평소에 신는 지저분한 운동화였다.

리키가 속삭이듯이 말했다.

"형, 오늘 완전히 바보처럼 보여."

데이비드는 리키 말을 들은 척도 하지 않았다. 리키가 어떻
게 생각하든 상관없었다. 토리가 어떻게 생각하느냐가 중요했
다.

데이비드가 학교에 도착했을 때, 래리와 모가 데이비드의 사
물함 앞에서 기다리고 있었다. 데이비드는 숨을 깊이 들이쉬고
는 그들을 향해 걸어갔다.

래리가 말했다.

"그래, 걔가 뭐라고 했어?"

데이비드는 다시 한숨을 깊이 들이쉬었다.

모가 으름장을 놓았다.

"전화 안 했다고 하기만 해 봐."

데이비드가 말했다.

"전화 안 했어."

모가 말했다.

"그럴 줄 알았어!"

그러고는 래리를 보며 말했다.

"분명히 겁먹고 안 할 거라고 내가 말했지?"

데이비드가 설명을 했다.

"전화번호를 몰랐어. 전화번호부에 윌리엄스라는 성을 가진 사람이 두 쪽 넘게 있었어. 내가 뭘 어떻게 하겠어? 일일이 전화해 봐?"

모가 넌더리가 나는지 고개를 절레절레 저었다.

래리가 말했다.

"어제 집에 가기 전에 전화번호를 알아냈어야지."

"어떻게? 4시 17분까지는 걔하고 말을 할 수 없었잖아. 있잖아, 오늘 걔한테 말을 걸 거야. 내가 다 생각해 놨어. 걔한테 전화번호를 물어볼 거야. 만약 걔가 전화번호를 알려 주면, 내가 전화하기를 바란다는 뜻이잖아. 만약 안 알려 주면, 그럼 없던 일이 되는 거지, 뭐."

모와 래리는 데이비드를 미심쩍은 눈초리로 바라보았다.

데이비드가 말했다.

"그건 그렇고, 저주가 돌아왔어. 물론 너희는 신경 안 쓰겠지만."

래리가 물었다.

"무슨 일이 있었는데?"

데이비드는 사과주스가 엘리자베스에게 쏟아진 이야기를 했다. '젖꼭지'라는 말이 나오자 모와 래리 둘 다 키득키득 웃었다.

이윽고 래리가 키득거리는 것을 멈추고는 말했다.

"잠깐, 사과주스라고 했니?"

데이비드가 고개를 끄덕였다.

"그럼 걱정할 필요 없어. 레모네이드가 아니면 상관없어. 너는 그냥 젖꼭지가 달린 뚜껑을 돌려 잠그는 것을 잊어버렸을 뿐이야."

래리와 모는 또다시 키득거렸다.

데이비드는 동생이 자기에게 손가락 욕을 한 사건도 이야기했다.

모가 말했다.

"야, 너 토리한테 전화번호 달라고 할 거라고 했지?"

"응."

"그럼 핑곗거리 좀 그만 만들어!"

데이비드는 뭔가 말하려다 관두었다. 로저와 랜디가 옆으로 지나갔기 때문이다. 데이비드는 그들이 다가올 때 몸이 긴장했다가 그들이 지나가자 긴장이 풀리는 것을 느낄 수 있었다.

래리가 말했다.

"쟤들이 이제 우리를 그만 들볶으려나 보네."

래리는 하하 웃고는 말을 이었다.

"아무래도 모를 무서워하는 것 같아."

모가 빙그레 웃었다.

데이비드가 맞장구를 쳤다.

"맞아. 모는 우리의 경비견이야."

데이비드는 자신이 왜 그 말을 했는지 알 수 없었다.

모는 데이비드에게 가운뎃손가락을 올려 보이고는 딴 데로
가 버렸다.

데이비드가 래리에게 말했다.

"미안해. 하지만 이제 알겠지? 이게 바로 저주가 돌아왔다
는 증거야."

"네가 쪼다라는 증거야."

"내가 뭘 했다고 그래? 모가 너무 예민한 거지."

"음, 너는 토리한테 데이트 신청이나 해라."

"왜? 네가 모하고 가짜 데이트를 할 수 있게? 그게 다 허튼
소리라는 건 너도 알잖아. 너는 그냥 모한테 진짜 데이트 신청
을 하기가 무서워서 나한테 무임승차하려는 거잖아."

래리는 데이비드를 향해 가운뎃손가락을 올렸다.

데이비드가 맥팔랜드 선생님의 교실에 들어갔을 때, 토리 윌리엄스는 벌써 책상에 앉아 있었다. 토리는 옆자리에 앉는 로리 냅이라는 여자아이와 아주 활기찬 토론을 하고 있었다. 토리는 뭔가에 대해 커다란 제스처를 취하고 있었고, 둘이 함께 웃고 있었다.

데이비드는 토리 앞을 지나갈 수 있도록 자기 책상까지 가는 길을 구상했다. 토리가 자기를 보고 어떻게 반응할지 궁금했기 때문이다.

토리는 아무 반응도 보이지 않았다. 계속 로리와 대화만 나누었다. 데이비드가 대화 내용을 알 수 있을 정도로 가까이 갔을 때, 둘은 코 성형 수술에 대해 이야기를 하고 있었다.

데이비드는 책상에 앉아 의자를 뒤로 기울였다. 이제 아무 상관 없었다. 더 이상 토리에게 데이트 신청을 할 필요도 없었다. 토리도 아마 그에게 가운뎃손가락을 올려 보일 것이다.

데이비드는 궁금했다.

'이것으로 끝이야? 세상 사람들이 모두 나한테 손가락 욕을 하게 될까? 이게 내가 받는 벌인가?'

데이비드는 앞으로 평생 가게든 공원이든 어디를 가든 자기를 보는 사람마다 '아, 네가 데이비드 밸린저구나.'라고 말하고는 가운뎃손가락을 올려 보이는 상상을 했다. 버스를 타면, 모

든 승객에다 버스 기사까지도 가운뎃손가락으로 손가락질을
할 것이다. 야구 경기를 보러 가면, 관중들이 갑자기 모두 일어
나 '야, 데이비드 밸린저!'라고 외치고는 가운뎃손가락을 공중
으로 높이 올릴 것이다.

의자가 뒤로 넘어갔다. 데이비드는 공중으로 두 다리를 쭉
뻗으며 등부터 바닥으로 떨어졌다.

맥팔랜드 선생님이 말했다.

"밸린저 군."

데이비드는 후다닥 일어나 의자를 똑바로 세웠다.

"죄송합니다."

수업이 끝난 뒤, 데이비드는 계속 책상에 앉아 토리가 교실
에서 나갈 때까지 기다렸다. 토리는 데이비드에게 눈길 한번
주지 않았다. 데이비드는 가방을 챙겨 교실을 나갔다. 수학 수
업이 있는 교실로 반쯤 갔을 때, 데이비드는 발걸음을 우뚝 멈
추더니 후다닥 오던 길로 되돌아갔다.

앞에 토리가 보이자 데이비드는 발걸음을 늦추었다. 그리고
잠시 토리 뒤에서 걸으면서, 노란색 셔츠를 입은 등 뒤로 찰랑
거리는 토리의 빨간 머리를 지켜보았다. 그러고는 걸음을 재촉
해 토리 옆에 나란히 섰다.

"안녕."

토리가 고개를 돌려 데이비드를 보았다. 토리의 초록색 눈이 반짝였다.

"안녕."

둘은 발걸음을 늦추었다.

"아까 다쳤어?"

"뭐? 아, 아니."

데이비드가 어깨를 으쓱했다.

"그냥 좀 창피했어."

데이비드는 의자에서 떨어지면서 바닥에 찧은 팔꿈치를 보았다. 옷에 회색 자국이 살짝 남아 있었다.

"윗옷 예쁘다."

"고마워. 내 행운의 옷이야."

"멋지네. 그리스 시인 같아."

데이비드는 싱긋 웃었다.

"내가 왜 행운의 옷을 입었는지 아니?"

"왜?"

둘은 걸음을 멈추었다.

"음, 너한테 물어볼 게 있었거든. 하지만 이제 상관없어. 더 이상 물어볼 필요가 없어졌거든."

"나도 너한테 뭘 좀 물어보고 싶어."

종이 울렸다. 여기저기에서 아이들이 후다닥 교실로 들어갔다.

"나한테 묻고 싶은 게 뭔데?"

데이비드가 묻자, 토리는 미소를 지었다.

"네가 물어보려고 했던 걸 먼저 말해 봐."

데이비드는 팔짱을 끼었다.

"이제 정말로 그럴 필요가 없어졌어. 근데, 어, 너한테 전화가 있는지 물어보려고 했어."

토리가 냉큼 대답했다.

"없어!"

토리는 얼굴을 붉히며 다시 말했다.

"아니, 있어. 물론 우리 집에 전화가 있지만, 어, 나는 거의 안 써. 그게 왜 궁금한데?"

데이비드는 어깨를 으쓱했다. 토리가 갑자기 방어적으로 나와서 데이비드는 놀랐다.

"나한테 물어보려고 했던 건 뭔데?"

"모린이 네 여자 친구니?"

"모린? 아, 모? 아니, 그냥 친구야."

토리는 혀로 한쪽 볼을 불룩 내밀었다. 그러고는 그만 가 봐야 한다는 듯이 눈길을 교실로 돌렸다.

데이비드는 팔짱을 풀었다. 그리고 긴장한 듯 두 손을 머리 뒤로 보내 스트레칭을 했다.

"너한테 전화가 있는지 물어보려고 한 이유는, 네 전화번호가 좀 궁금했기 때문이야. 그러니까 그게, 이따금 너한테 전화해서 숙제에 대해 물어보거나, 아니면 그게, 데이트 신청을 하거나 뭐 그럴 수 있을 것 같아서. 그런데 전화번호부에 윌리엄스라는 성을 가진 사람들이 엄청 많을 것 같아서 말이야."

토리의 초록색 눈이 데이비드를 빤히 보고 있었다.

"내 전화번호를 알고 싶어?"

"그런 것 같아."

데이비드는 다시 한번 스트레칭을 했다. 그런데 데이비드가 팔을 들어 올리는 순간, 바지를 묶는 끈이 풀어져 바지가 훌렁 내려갔다.

데이비드는 뒤로 홱 돌아 바지를 추어올리고는 뛰었다.

그리고 베이필드 할머니 집의 녹슨 철제 대문에 다다를 때까지 멈추지 않았다.

## 27

데이비드가 대문을 밀자 끽 소리를 내며 열렸다. 그는 집으로 이어지는 길을 천천히 걸었다. 로저와 랜디가 짓밟았던 정원에는 노란색과 흰색의 국화가 심어져 있었다. 문 옆에 있는 깨진 창문은 수리가 된 상태였다.

흔들의자는 현관의 후미진 구석에 처박혀 있었다. 데이비드가 나무 계단을 밟고 바닥의 나무들이 쪼개진 현관으로 올라서자 흔들의자가 불안정하게 살짝 움직였다. 그 모습이 거의 유령 같았다.

불쌍한 할머니가 이제 자기 집 앞마당에서도 흔들의자에 앉아 있기가 두려운가 보다, 하고 데이비드는 생각했다.

불쌍한 할머니? 데이비드는 자신이 어떻게 아직도 그런 생각을 할 수 있는지 의아했다. 이 할머니는 마녀였다. 바지란 그렇게 쉽게 훌렁 벗겨지는 게 아니다.

현관문으로 다가간 데이비드는 짚으로 만든 낡은 깔개에 쓰인 '환영합니다'라는 글귀를 보고는 보일 듯 말 듯 미소를 지었다.

데이비드는 한눈에 봐도 작동하지 않을 것 같은 초인종을 눌러 보았다. 초인종은 작동하지 않았다. 데이비드가 한 번 누르자 금방이라도 벽에서 떨어질 것만 같았다.

데이비드는 뒤에 있는 묵직한 나무문에 노크를 하기 위해 찢긴 방충문을 당겨 열어야 했다. 신기하게 생긴 노커(방문객이 두드리도록 현관문에 달아 놓은 고리나 막대: 옮긴이)가 보였다. 데이비드는 처음에는 주먹으로 두 번 문을 두드렸지만, 별로 큰 소리가 나지 않는 것 같아, 무거운 쇠 노커를 잡았다. 그제야 노커가 쪼그라든 머리통 모양이라는 것을 깨달았다. 데이비드는 노커로 문을 두 번 두드리고는 재빨리 물러섰다.

방충문이 쾅 소리를 내면서 닫혔다.

데이비드는 베이필드 할머니가 문을 열면 무슨 말을 해야 할지 몰랐다. 만약 할머니가 문을 열어 준다면 말이다. 그가 할 수 있는 것은 미안하다고 말하고 용서를 비는 것뿐이었다.

집 안에서 부스럭거리는 소리가 들리더니 문손잡이가 돌아

가고 문이 몇 센티미터 정도 빠끔히 열렸다. 베이필드 할머니가 문에 달린 안전 체인 뒤에서 데이비드를 내다보았다.

데이비드가 말했다.

"죄송해요. 정말 죄송해요. 제 머리에 레모네이드를 붓는 대신 더 일찍 와서 사과를 했어야 한다는 것 압니다. 그렇게 하지 못해 죄송합니다. 저한테 저주를 내리지 않았다고 믿었던 것 같아요. 하지만 이제 상관없어요. 저한테 저주가 내렸든 내리지 않았든 저는 사과를 했어야 해요. 당연히 저주는 아무 상관이 없어요. 제 바지가 벗겨지든 말든 상관없어요. 애초에 여기에 오지 말았어야 했어요. 할머니께 손가락 욕을 하지 말았어야 했어요. 할머니께서 그것의 뜻을 아시든 모르시든 상관없어요. 제 생각에는 알고 계실 것 같지만 말이에요. 그렇게 하면 제가 인기를 얻을 거라고 생각했어요. 하지만 할머니를 해치고 싶은 생각은 전혀 없었어요. 제발 믿어 주세요. 이게 다 제가 얼굴이 없어서 벌어진 일이에요."

데이비드는 자신이 지금 말이 되는 소리를 하는 것인지 아닌지 알 수 없었다. 베이필드 할머니는 아무 대꾸도 하지 않았다.

"제가 또 무슨 말을 할 수 있을까요? 죄송합니다. 제가 무슨 말을 하면 좋으시겠어요?"

문이 닫혔다.

딸깍하는 소리가 나더니 문이 활짝 열렸다. 베이필드 할머니는 무늬가 없는 갈색 니트 원피스를 입고 있었고, 평범한 나무 지팡이를 짚고 있었다. 할머니는 데이비드가 기억하고 있던 모습보다 더 나이가 들어 보였다. 할머니가 여전히 목이 높은 빨간색 운동화를 신고 있는 것을 보자 데이비드는 왠지 기뻤다.

"들어오렴."

데이비드는 안으로 들어갔다.

집의 바깥은 낡고 허름했지만 안은 아름답고 호화스럽게 꾸며져 있었다. 입구의 통로로 이어지는 바닥에는 초록색과 흰색 대리석 타일이 깔려 있었고, 벽은 진한 빨간색과 검은색 천으로 도배가 되어 있었다. 데이비드의 앞에 있는 벽에는 가장자리가 금색으로 화려하게 장식된 긴 타원형의 거울이 걸려 있었다.

데이비드는 거울에 비친 자기 모습에서 '행운의' 옷을 보고는 비웃는 듯한 미소를 지었다.

베이필드 할머니가 말했다.

"마치 그리스 시인 같구나."

데이비드의 얼굴에서 미소가 가셨다. 데이비드는 고개를 돌려 두려운 마음으로 할머니를 바라보았다. 사실 놀랄 일도 아니었다. 할머니가 마녀라는 것은 이미 알고 있는 사실이었다.

적어도 데이비드는 자기가 그 사실을 잘 알고 있다고 생각했다. 하지만 할머니가 던진 마지막 말은 데이비드가 여전히 품고 있던 일말의 의심까지 싹 지워 버렸다.

할머니의 마지막 말은 토리가 했던 말과 정확히 똑같았다. 바지가 벗겨지기 전에 말이다.

펠리시아 베이필드 할머니는 그에게 일어난 모든 일을 보고 들은 것이 틀림없었다. 데이비드의 바지가 벗겨진 것도 본 게 확실했다. 물론 매일 아침 데이비드가 바지를 입는 모습도 봤을 것이다.

더 이상 증거가 필요 없었지만, 데이비드는 전화기가 놓여 있는 작은 탁자를 지나면서 더 확실한 증거를 얻었다. 전화기 옆에 놓인 종이에 '데이비드 밸린저'라고 쓰여 있었다. 그리고 이름 아래에 전화번호가 적혀 있었다.

데이비드는 그것을 보면서 고개를 끄덕였다. 그러니까 어젯밤에 그에게 전화를 건 사람도 할머니였다.

베이필드 할머니는 데이비드를 거실로 안내했다. 데이비드는 벽에 걸려 있는 이상하고 아름다운 가면들을 보고는 눈이 휘둥그레졌다.

데이비드는 소파의 끝에 걸터앉아 가면들을 뚫어져라 쳐다보았다. 어떤 가면들은 무척 기이했다. 눈이 세 개 달린 얼굴,

반은 까맣고 반은 하얀 얼굴도 있었고, 반은 사자이고 반은 사람처럼 보이지만 어디서부터 사자이고 어디까지 인간인지 분간할 수 없는 가면도 보였다.

하지만 가장 기괴한 것들은 진짜 사람 얼굴처럼 보이는 가면들이었다. 데이비드는 그 가면을 무엇으로 만들었는지 알 수 없었다. 종이나 플라스틱으로 만들었다고 보기에는 질감이 너무 풍부했다. 두 턱인 여자, 깊은 흉터가 있는 남자 등이 보였고, 이어 데이비드가 눈을 뗄 수 없는 가면이 하나 보였다. 가는 금속 테 안경을 쓰고 한쪽 볼에 작은 반점이 있는 평범한 남자의 얼굴이었다. 가면은 남자의 턱 바로 밑까지 이어져, 넥타이의 윗부분이 조금 보였으며 머리 위로는 모자의 밑부분이 살짝 보였다. 데이비드는 모자와 넥타이를 없애 버리면 얼굴이 그냥 사라져 버릴 것 같은 느낌을 받았다.

데이비드는 가면에서 눈길을 돌려 베이필드 할머니의 주름진 얼굴을 보았다. 할머니는 소파 맞은편에 있는 크고 푹신한 안락의자에 앉아 있었다.

"네 친구들은 어떻게 됐니?"

"아, 로저하고 스콧하고 랜디 말씀이세요? 걔들은 제 친구가 아니에요. 스콧은 예전에는 단짝 친구였지만 지금은 아니에요. 로저와 랜디는 한 번도 친구였던 적이 없어요. 심지어 그

때에도 제 친구가 아니었어요. 할머니가 저주를 내리셨어야 할 사람들은 걔들이에요. 제가 아니고요. 제 말은, 제가 어느 정도 책임이 없다는 뜻이 아니라, 걔들이 할머니를 넘어뜨리고 얼굴에 레모네이드를 붓고 지팡이를 훔친 애들이라는 말이에요. 왜 저를 고르셨어요? 저는 그냥 걔들을 따라온 것뿐인데요."

베이필드 할머니가 말했다.

"난 궁금하단 말이야. 누가 더 비난을 받아야 할까? 대장하고 졸개 중에."

데이비드는 사정을 했다.

"제가 할 수 있는 일이 없을까요? 저는 앞으로 살아야 할 인생이 많이 남았어요! 제가 뭘 해야 하는지 말씀해 주세요. 그러면 그렇게 할게요!"

데이비드는 두 팔을 펼쳐 보이며, 내처 말했다.

"아니면 저는 죽을 때까지 저주를 받으며 살아야 하나요? 말씀해 주실 수 있으세요? 저는 죽을 때까지 바지가 언제 벗겨질지 걱정하며 살아야 하나요?"

베이필드 할머니는 미소를 지었다. 할머니의 초록색 눈이 반짝였다.

"인생이 그런 것 아니니? 우리는 누구나 자신이 아주 중요하고 품위 있는 사람이라고 착각하고, 또 그렇게 행동하지. 의사입네, 변호사입네, 예술가입네 하면서 말이야. 안녕하세요? 요즘 어떻게 지내세요? 독립 기념일에 바비큐 파티 할까요? 하지만 사실 우리는 모두 알고 있어. 어느 순간에라도 바지가 벗겨질 수 있다는 것을."

"어떤 여자애가 있어요."

"당연히 그렇겠지."

"알고 계신다는 것 알아요. 문제는 그 여자애가 저를 좋아할지도 모른다고 제가 생각하고 있다는 거예요. 걔가 저를 좋아했나요? 혹시 아세요? 말해 주실 수 있으세요? 이제는 소용없다는 것 알지만, 만약 제 바지가 벗겨지지 않았다면 그 아이가 뭐라고 말했을지 알려 주실 수 있나요?"

베이필드 할머니는 혀로 한쪽 볼을 불룩 내밀었다.

데이비드는 고개를 가로저었다.

"신경 쓰지 마세요. 어차피 상관없어요. 다시는 걔 얼굴을 볼 수도 없을 텐데요, 뭐. 이제 어떻게 학교에 다시 가죠? 다들 알 거예요. 그리고 제 동생도 걔 학교에서 이야기를 듣게 되겠죠. 그렇지 않아도 동생은 제가 지구상에서 제일 바보라고 생각하고 있는데."

"내 지팡이를 가져오렴."

데이비드가 고개를 들고는 말했다.

"그러면 저주를 풀어 주실 건가요?"

"내 지팡이를 가져오렴."

할머니는 같은 말을 되풀이했다.

# 28

데이비드는 베이필드 할머니의 집을 나와 정처 없이 걸었다. 학교에 다시 갈 수는 없었고, 집으로 가기에는 시간이 너무 일렀다.

데이비드는 도망치는 것도 생각해 보았다.

'히치하이크로 샌프란시스코까지 가서 몰래 배를 타고 중국까지 가면 돼. 누군가에게 발견되었을 때에는 돌아가기에 너무 늦은 때가 될 거야. 아마 나한테 갑판을 대걸레로 닦는 일도 주겠지. 아니면 그냥 손걸레를 쓰나?'

물론 데이비드는 자신이 절대로 그렇게 하지 못하리라는 것을 알았다. 게다가 저주로부터 도망칠 수는 없었다. 어디로 도망치든 저주가 쫓아와 머리에 레모네이드를 붓고 바지를 벗길 것이다. 로저 델브룩에게서 지팡이를 가져오는 방법밖에 없었다.

로저에게 돈을 주고 지팡이를 살 수 있을까? 데이비드는 은행에 500달러 넘게 저축해 놓았다. 50달러 정도면 충분히 지팡이를 살 수 있을 것 같았다.

데이비드는 둘의 대화를 상상해 보았다.


'로저, 너한테 제안이 하나 있어.'

'원하는 게 뭐야, 밸린저?'

'네가 그 버터필드 할머니한테서 훔친 지팡이 있지? 나한테 10달러에 팔아.'

'지옥에나 가, 밸린저.'

'장난으로 하는 말 아니야. 내가 10달러 줄게. 좋아. 15달러.'

'100달러를 줘도 너한테는 안 넘겨, 쪼다야!'

'좋아. 20달러. 하지만 이게 마지막 제안이야.'

'진짜로 갖고 싶어? 50이면 줄게!'

'25.'

'40.'

'30.'

'35.'

'그래, 35.'

나는 로저에게 돈을 주고 로저는 나한테 지팡이를 줄 것이다.

'옛다, 지팡이. 가져가서 엉덩이나 쑤셔라!'

'고마워.'


좋은 계획 같았다. 저주를 없애기 위해서라면 35달러는 충분히 투자할 만한 가치가 있었다.

아니면 훔치는 방법도 있었다.

데이비드는 정처 없이 걷고 있다고 생각했지만, 문득 고개를 들어 보니, 커먼웰스 거리의 길모퉁이에 와 있었다. 로저는 이 거리의 끝에 살았다. 데이비드는 로저의 집 안에 들어가 본 적은 없지만, 그가 어디에 사는지는 알고 있었다. 그의 집은 막다른 골목에 있었다.

로저의 부모는 둘 다 일을 하는 것 같았고, 따라서 지금 집에는 아무도 없을 것 같았다. 지팡이는 아마도 로저의 옷장 안에 처박혀 있을 것이다.

데이비드는 길을 따라 걸었다. 놀라울 정도로 조용했다. 어느 집에도 사람 한 명 있을 것 같지 않았다.

데이비드는 주머니에 손을 넣은 채 막다른 골목에서 이리저리 왔다 갔다 했다. 로저의 집을 좀 더 제대로 보고 싶었기 때문이다. 딱히 다른 할 일이 없었다. 집에 침입하려는 생각은 전혀 없었다.

하지만 만약 침입하려고 했다면, 어떻게 해야 했을까? 우선, 집에 아무도 없다는 것을 확인하기 위해 초인종을 눌러야 할 것이다. 그리고 집에 아무도 없으면?

집 옆에 뒷마당으로 통하는 문이 달린 담장이 있었다. 그 문을 통해 들어가거나, 만약 그 문이 잠겨 있으면 담장을 넘으면 그만이었다. 뒷마당으로 들어가면, 큰길에서는 보이지 않을 것이다. 그리고 열려 있는 창문을 찾기만 하면 끝이었다.

아니면 창문을 깰 수도 있었다. 데이비드는 미소를 지었다. 로저는 베이필드 할머니네 집의 창문을 깼다. 그렇게 하면 공평해질 것이다. 로저는 베이필드 할머니의 지팡이를 훔쳤다. 이제 데이비드가 로저네 집의 창을 깨고 지팡이를 다시 훔쳐 올 수 있었다. 그 과정에서 꽃 몇 개를 짓밟는 것도 나쁘지 않을 것이다.

물론 데이비드는 이 모든 것을 실제로 할 생각은 없었다. 그저 집에 갈 수 있을 때까지 시간을 때우고 있었다. 데이비드는 델브룩네 집의 현관문으로 발걸음을 옮겼다. 그냥 누가 집에 있는지 확인하기 위해서였다.

데이비드는 만약 누가 문을 열면 뭐라고 말해야 할지 생각해 보았다. 잡지를 팔러 다니는 중이라고 말할 수 있을 것 같았다. 아니, 그것은 너무 복잡했다. 누군가가 나오는 소리가 들리면 그냥 도망치기로 했다. 그렇게 하면 어떤 피해도, 어떤 위반 행위도 없다.

데이비드는 초인종을 눌렀다.

아무도 문을 열지 않았다.

데이비드는 확실히 하기 위해 다시 한번 초인종을 눌렀다. 주먹을 쥐어 문을 요란하게 두드리기도 했다.

집에는 아무도 없었다.

데이비드는 뒷걸음으로 계단을 내려와 주위를 둘러보았다. 길은 여전히 텅 비어 있었다. 데이비드는 태연히 집의 옆쪽을 향해 걸어갔다.

높은 나무 문에 뚫린 구멍으로 작은 사슬이 튀어나와 있었다. 데이비드는 사슬을 당겨 보았다. 문은 잠겨 있었다.

데이비드는 뒤로 물러났다. 담장은 약 2미터 높이였다. 데이비드는 뒤로 몇 발짝 더 물러난 다음, 바지 묶는 끈을 풀어서 다시 꽉 묶었다.

데이비드는 담장을 향해 달려가서 점프를 했다. 그리고 문 윗부분을 두 손으로 잡은 채로 몸을 끌어 올리기 위해 계속

발로 담장을 찼다. 이윽고 오른쪽 팔꿈치가 문 위로 올라갔고, 이어 오른쪽 다리가 담장 너머로 올라갔다.

"야! 뭐 하는 거야?"

데이비드가 고개를 돌려 보니, 어린 남자아이가 자기를 향해 달려오고 있었다. 로저의 남동생 글렌이었다.

데이비드의 몸은 담장 위에 반쯤 걸쳐 있었다.

"내 공이 담장 안으로 넘어갔어."

데이비드는 땅으로 뛰어내렸다.

"초인종을 눌렀는데, 집에 아무도 없더라."

글렌이 말했다.

"형이 누군지 알아요. 리키의 형이죠?"

"나는 그냥 공을 찾고 있었어."

데이비드는 자신이 왜 5학년짜리 아이에게 굳이 이런 설명을 해야 하는지 알 수 없었다.

"신경 쓰지 마라!"

데이비드는 그렇게 말하고는 걷기 시작했다.

"바보!"

데이비드는 걸음을 멈추고는 뒤돌아보았다.

"지금 나한테 뭐라고 했니?"

글렌이 조롱하는 투로 말했다.

"바보! 형은 '큰 바보'고, 리키는 '작은 바보'잖아요. 다들 리키를 그렇게 불러요."

데이비드는 글렌 쪽으로 한 발짝 다가갔다.

글렌이 말했다.

"리키가 뭐라고 했는지 알아요? 바보 삼총사가 자기 분야에서 대단히 존경받는다고 했어요!"

글렌은 하하 웃고는 내쳐 말했다.

"바보라고 불리는 게 칭찬이라고 했어요!"

데이비드가 글렌을 향해 한 발짝 더 다가가며 말했다.

"경고한다."

글렌은 주먹을 올렸다.

"나랑 싸우고 싶어요? 싸워 줄게요. 리키를 패 버린 것처럼 패 줄게요."

데이비드는 발걸음을 멈추었다. 뭘 어떻게 해야 할지 몰랐다. 어린아이와 싸울 수는 없었다. 데이비드는 이렇게 따졌다.

"학교에 안 있고 집에서 뭐 하는 거야?"

글렌은 여전히 주먹을 올린 채로 대꾸했다.

"오전 수업만 했어요. 선생님들 회의 때문에."

데이비드는 글렌을 노려보았다. 이어 깔보고 있다는 것을 보여 주기 위해, 넌더리가 난다는 듯이 한숨을 푹 내쉬었다.

"왜요? 5학년짜리랑 싸우기가 무서워요?"

"이 형은 말이다. 너 같은 꼬맹이랑 노닥거릴 여유가 없어. 더 중요한 일들이 많거든."

데이비드는 그렇게 말하고는 몸을 돌렸다.

글렌이 소리쳤다.

"바보! 두고 봐. 내가 우리 형한테 다 이를 거야. 두고 봐. 5학년짜리랑 싸우는 것을 무서워했다고 우리 형한테 다 말할 거야. 저 뒤에 공도 없지? 두고 봐. 우리 형한테 다 말할 거니까. 우리 형이……."

데이비드는 다시 뒤로 휙 돌았다.

"너희 형한테 말해. 너희 형한테 내가 걔를 개똥 주머니로 생각한다고 말해! 꼭 그렇게 전해. 상대할 가치가 없는 너희 형한테 내가 내일 다시 여기로 올 거라고 전해. 만약 너희 형이 뭐든 하고 싶다면 말이야. 그리고 내가 뱀 머리 지팡이를 원한다고도 전해. 다 알아들었지? 아니면 종이에 적어 줄까? 내일 12시에 데이비드 밸린저가 뱀 머리 지팡이를 가지러 올 테니까 여기에서 기다리고 있는 게 좋을 거라고 전해!"

데이비드는 입을 쩍 벌리고 있는 글렌 델브룩을 남겨 두고 뒤로 휙 돌아 성큼성큼 걸어갔다.

# 29

래리 클라크스데일의 전화번호는 전화번호부에 없었지만,
데이비드는 전화번호 안내 서비스를 통해 알아낼 수 있었다.

래리의 여동생이 전화를 바꿔 주자 래리가 물었다.

"너, 어떻게 된 거야? 어디 갔었어?"

"그 얘기 못 들었니?"

"응. 뭔데?"

"저주가 발동했어."

래리가 비꼬는 투로 물었다.

"무슨 일이 있었는데? 꽃이라도 밟았니?"

래리는 오늘 아침 일로 화가 아직 안 풀린 것 같았다.

데이비드는 바지가 벗겨진 이야기를 최소한 전교생이 듣지 않은 것에 기뻤다. 아니면 래리만 빼고 모두가 들었을 수도 있었다.

데이비드가 간단하게 말했다.

"저주가 발동했어. 어떻게 발동했는지 말해 줄 수 없지만, 그건 확실히 저주였어. 나는 학교 밖으로 나갈 수밖에 없었어."

데이비드는 극적인 효과를 위해 잠시 말을 멈추었다.

"베이필드 할머니를 다시 찾아갔어."

데이비드는 래리가 헉하고 놀라는 소리를 설핏 들었다.

데이비드는 래리에게 베이필드 할머니가 한 말과 자기가 지팡이를 훔치려고 했을 때 일어났던 일들을 말해 주었다.

데이비드가 말을 마치자 래리가 말했다.

"왜?"

"'왜?'라니, 무슨 뜻이야?"

"진짜 그런 걸 믿는 건 아니지? 저주나 마녀."

"오늘 무슨 일이 일어났는지 알면 너도 믿을 거야. 게다가 부메랑 저주에 대해 말한 사람이 너잖아. 내 머리에 레모네이드를 붓게 한 것도 바로 너고!"

"그렇지만 로저 델브룩한테 개똥 주머니라고 하라는 말은 안 했어. 그건 그냥 말썽을 일으켜 달라고 부탁한 것과 다름없잖아."

"하지만⋯⋯."

"그나저나 난 호주에 산 적 없어. 지어낸 말이야."

래리는 솔직히 털어놓았다.

데이비드는 심장이 철렁하고 내려앉는 것 같았다. 래리는 지금까지 유일한 희망이었다.

"일본은?"

"아예 미국 밖에서 산 적이 없어. 야, 모한테는 말하지 마. 알았지? 걔는 나를 세계를 누비고 다닌 남자로 알고 있으니까."

"그럼 쿵후도 모르겠네?"

"인디애나폴리스에 살았을 때 수업 몇 번 들었어."

"검은 띠라고 했잖아."

"검은 허리띠는 있지. 회색 바지랑 잘 어울려."

"아, 죽이네. 내일 네가 좀 도와줄 수 있지 않을까 하고 기대했는데. 나는 로저하고 싸울 건데⋯⋯, 싸울 수밖에 없어⋯⋯. 그런데 걔 친구들이 무슨 짓을 하려고 하면 네가 걔들을 막아줄 수 있을 줄 알았지."

데이비드는 한숨을 쉬었다.

"카르멜리타는? 베네수엘라에서 산 적도 없어?"

"그 사진들은 어떤 남자한테 5달러 주고 샀어. 그 사람은 베네수엘라에서 살았던 것 같아.”

“정말 고맙다! 네가 친구 사귀기가 하도 어렵다고 투덜대서, 나는 네 친구가 되려고 했는데, 너는 나한테 거짓말만 했네. 그래 놓고 이제 네가 정말로 필요한 때가 되니까 날 실망시키고, 참 대단한 친구다!”

“내가? 너야말로 토리한테 전화한다고 말해 놓고 안 했잖아. 그러고는 모한테 개라고 하고 말이야. 야, 너 오늘 학교에 안 돌아간 게 다행인 줄 알아. 모가 너를 죽이려고 했어. 그리고 나한테 전화한 이유도 나한테 사과하기 위해서가 아니라 내 도움을 얻기 위해서잖아. 싫어! 난 너를 대신해서 네 싸움에 끼어들고 싶지 않아. 네가 이 모든 일을 자초했잖아. 내가 아니라. 자, 봐. 지금 누가 무임승차를 하려고 하는지!”

데이비드는 화난 목소리로 쏘아붙였다.

“됐어! 네가 친구를 좀 도와 달라고 부탁할 만한 사람이 아니라는 걸 진작 알았어야 하는데.”

“친구? 넌 친구가 아니야. 넌 거머리야. 스콧이 너를 싫어하는 것도 당연해!”

“넌 얼굴이 없어. 볼품없는 파란색 선글라스만 있을 뿐이야.”

“넌 돌대가리야!”

래리가 전화기를 쾅 하고 내려놓는 소리가 데이비드 귀에 들렸다.

"넌 쪼다야."

데이비드는 허공에 대고 그렇게 말했다.

데이비드는 복도를 걸어갔다. 리키 방의 문이 열려 있었다. 책상에 앉아 있는 리키가 보였다. 숙제를 하고 있는 듯했다.

'큰 바보, 작은 바보.' 로저와 스콧이 그를 바보라고 부르는 건 그렇다 하더라도, 리키가 작은 바보라는 소리를 듣는 것은 부당했다. 큰 바보, 작은 바보. 그 생각을 할 때마다 데이비드는 가슴속이 물어뜯기는 기분이었다. 설사 저주나 지팡이가 없어도, 이것 때문에라도 로저와 싸워야 했다.

리키가 고개를 돌려 데이비드를 보았다.

"안녕. 숙제 좀 도와줄까?"

데이비드의 말에 리키는 이렇게 대꾸했다.

"가서 코나 풀어, 코 찔찔이!"

데이비드는 계속 복도를 걸어갔다. 가서 코나 풀어, 코 찔찔이! 데이비드는 그것이 다른 5학년 애가 오늘 리키에게 한 말인지 궁금했다.

사실 데이비드는 갑자기 코를 풀고 싶은 기분이 들었다. 말의 힘이라는 게 바로 이런 것이 아닌가 싶었다.

데이비드는 리키에게 코 푸는 소리를 들려줄 용기는 없었다. 그래서 부모님 방에 딸린 화장실로 들어가서 문을 닫았다.

가망이 없어 보였다. 로저는 덩치도 더 크고 힘도 더 셌다. 더구나 데이비드가 온다는 것을 알고 있는 로저는 아마도 친구들을 죄다 불러 모을 것이었다.

'나 혼자 대 온 세상이네. 이제 나한테 남은 친구는 없어. 동생은 나를 싫어해. 나는 저주 받았어. 다시는 토리하고 말도 못 할 거야.'

데이비드는 화장실 거울에 비친 자신의 모습을 보며 미소를 지었다. 이상한 자신감이 샘솟았다.

이제 더 잃을 것이 없었다.

## 30

"나는 눈을 감고 있었어."

토리 윌리엄스가 말했다.

토리는 데이비드의 집 현관문 앞에 서 있었다. 토요일 아침 10시 30분이었다. 데이비드는 12시 반이 되기를 초조하게 기다리면서 혼자 카드놀이를 하고 있었는데, 그때 초인종이 울렸다. 데이비드가 문을 열어 보니 토리가 서 있었다.

토리가 말했다.

"그때 내 전화번호를 물어봤잖아. 전화번호를 기억해 내려고 나는 눈을 감았어. 나는 눈을 감으면 기억이 더 잘 떠오르거든. 그런데 눈을 떠 보니, 네가 온데간데없었어."

데이비드는 1초 동안 토리를 물끄러미 보았다. 아니 1분이었던가?

토리가 물었다.

"안으로 초대해 주지 않을 참이에요, 밸린저 군? 추위에 숙녀를 서 있게 하는 것은 예의가 아닌데요."

"들어오세요, 윌리엄스 양. 차 한잔 드릴까요?"

"감사합니다."

데이비드는 토리를 부엌으로 안내했다.

토리가 물었다.

"혹시 허브 차 있니?"

"모르겠어. 아마 없을걸. 확인해 볼게."

데이비드는 찬장을 뒤져 커피, 카페인이 없는 커피, 보통 차, 커피 필터, 종이 접시, 생일 초 뒤에서 갈색 차 봉지를 찾았다.

"채모마일(chamomile)?"

데이비드가 철자가 적힌 대로 읽으면서 물어봤다. 처음 들어본 차 이름이었다.

토리가 말했다.

"캐–모–마–일. 그 차 좋아."

차는 티백이 아니었고, 데이비드는 찻잎으로 차를 끓일 줄 몰랐기 때문에, 토리가 차를 끓였다. 토리는 데이비드와 리키가 어버이날에 엄마에게 선물한 일본식 찻주전자를 사용했다. 데이비드가 기억하는 한, 그 찻주전자는 한 번도 쓴 적이 없었다.

데이비드와 토리는 부엌 조리대에 나란히 앉아 차를 마셨다. 데이비드는 차에 꿀을 조금 탔다. 맛이 그리 나쁘지 않았다. 약간 달콤한 풀 같았다. 토리의 눈이 들어 올린 찻잔 너머에 있는 데이비드를 향해 반짝였다.

데이비드는 오븐 위에 있는 시계를 보았다. 11시 10분 전이었다. 데이비드는 찻잔을 내려놓고 말했다.

"너는 이게 정말 이상하다고 생각할 거야."

"뭐가?"

"어떻게 시작해야 할지 모르겠어."

데이비드는 미소를 짓고는 말을 이었다.

"강산이 여덟 번 바뀌고 거기에 7년을 더한 시간 전에……."

토리는 웃었다.

"너, 그 할머니 아니? 어, 베이필드 할머니."

토리가 차를 목 안으로 넘기고는 말했다.

"응, 그 할머니는……."

"그 할머니는 마녀야!"

토리의 눈이 휘둥그레졌다.

"정말로?"

"농담 아니야. 그 할머니가 나한테 저주를 내렸어. 그래서 나한테 그런 일들이 일어났던 거야. 어제 내가 너한테 전화번호를 물어봤을 때 일어난 것 같은 일들 말이야."

"나는 눈 감고 있었어."

"음, 내 잘못이 아니라는 것을 너한테 알려 주고 싶었어. 어떤 측면에서는 내 잘못이기도 하지만, 네가 생각하는 것 같은 측면에서는 아니야. 모든 일은 3주 전에 시작됐어. 내가 예전에는 스콧, 로저, 랜디하고 어울려 다녔어."

데이비드는 랜디의 이름을 말할 때 토리의 얼굴이 살짝 빨개지는 것을 놓치지 않고 보았다.

"너, 혹시 베이필드 할머니의 뱀 머리 지팡이 본 적 있니?"

"어, 본 것 같아. 누가 훔쳐 갔지? 그렇지?"

토리는 차를 한 모금 마셨다.

데이비드는 토리가 그 사실을 어떻게 알게 되었는지 궁금했다. 토리가 지금 왜 여기에 있는지도 궁금했다. 문득 랜디가 장난삼아 토리를 보냈을 수도 있겠다는 생각이 들었다. 아니면 첩자로 보냈거나.

데이비드가 말했다.

"내가 훔치는 것을 도와줬어."

토리가 눈썹을 치켜 올렸다.

데이비드는 토리에게 무슨 일이 있었는지 말했다. 어떻게 베이필드 할머니를 넘어뜨리고 지팡이를 훔쳤는지 말했다. 그런데 이상하게도 말하는 내내 토리가 모든 것을 알고 있다는 느낌이 들었다.

"그때 나는 불쌍한 할머니한테 못된 짓을 하는 것이라고 생각했어. 만약 그게 할머니한테 하나밖에 없는 지팡이고 그것 없이는 걷지 못한다면 어떡해? 내가 알지 못했던 것은……."

데이비드는 고개를 절레절레 저었다.

"사실 나는 할머니한테 손가락 욕을 한 것 말고는 나쁜 짓을 하나도 하지 않았어. 그것도 생각해 보면 아주 나쁜 일도 아니잖아. 나는 주로 그냥 옆에서 서성거리기만 했어."

데이비드는 어깨를 으쓱하고는 이렇게 덧붙였다.

"그런데 졸개도 대장만큼이나 나쁜 건가 봐."

"랜디는 뭘 했어?"

"랜디? 할머니의 흔들의자를 뒤로 넘어뜨린 사람이 바로 랜디야."

"그다음에는 어떻게 됐어?"

"할머니가 나에게 저주를 내렸어. 정신 나간 소리처럼 들리겠지만, 할머니한테 일어난 모든 일이 나한테 일어나기 시작했어!"

데이비드는 야구공을 던져 창문을 깬 일과 사과주스가 엘리자베스의 얼굴에 쏟아진 일을 이야기했다.

"사회 시간에 내가 의자에서 뒤로 넘어진 것 기억하지?"

"응! 그것도 두 번씩이나!"

토리는 속삭이는 목소리로 말하고는 얼른 손으로 입을 가렸다.

"그것도 저주였어?"

데이비드는 고개를 끄덕였다.

"할머니가 흔들의자에서 뒤로 넘어진 것하고 똑같아. 그리고 과학 시간에 내가 비커를 깬 이야기를 아마 너도 들었을 거야."

토리는 고개를 끄덕였다. 토리의 입은 찻잔 뒤에 있어서 안 보였지만, 데이비드는 토리가 웃고 있다고 생각했다.

"내 잘못이 아니었어. 저주 때문이야. 로저가 할머니의 레모네이드 주전자를 깨서, 할머니가 내 비커를 깬 거야."

토리가 단정적인 말투로 말했다.

"마녀가 틀림없어."

데이비드는 토리가 정말로 자신의 말을 믿는 것인지, 아니면 그냥 동조하는 척하는 것인지 아리송했다.

"정말로 마녀야. 그 할머니는 사람들의 얼굴을 훔쳐. 그래서 집 안 벽 여기저기에 걸어 놔. 어떤 방법을 써서 썩지 않은 상태로 보존한대."

토리가 소리쳤다.

"그 레모네이드!"

"응?"

"아마 진짜 레모네이드가 아니었을 거야. 얼굴 주스였을 거야!"

"음, 그럴 수도 있겠네."

"네가 한 모금도 안 마셔서 다행이야."

데이비드는 고개를 끄덕끄덕했다. 그러고는 토리에게 베이필드 할머니의 속옷을 본 이야기를 했다.

"그리고 음, 내가 어제 너랑 얘기하고 있을 때 무슨 일이 있었는지 너도 알잖아."

"나는 눈 감고 있었다니까."

데이비드는 미소를 지었다.

"음, 뭐, 무슨 일이 있었는지 너는 못 봤어도, 그 할머니는 봤어. 할머니는 내가 하는 모든 것을 보고 들어."

"정말? 그걸 네가 어떻게 알아?"

"네가 기억하는지 모르겠는데, 음, 어제 네가 나한테 그리스 시인 같다고 했어."

토리의 얼굴이 빨개졌다.

"너하고 헤어진 뒤에, 나는 뛰어가서 할머니를 만났어. 제발 저주를 거두어 달라고 빌려고. 근데 할머니가 나한테 말한 첫마디가 '너 그리스 시인 같구나.'였어. 그동안 내내 나를 지켜봤다는 것을 자기만의 방식으로 나한테 알려 준 거지."

다시 한번 데이비드는 토리가 찻잔 뒤에서 웃고 있다는 것을 알았다. 데이비드는 이런 생각을 했다.

'왜 내가 모르는 뭔가를 토리가 알고 있다는 느낌이 자꾸 들지?'

토리가 속삭였다.

"지금도 우리를 보고 있는 것 아닐까?"

토리는 의심하는 눈초리로 주위를 두리번거렸다.

"아마 그럴 거야. 그렇다고 우리가 어떻게 할 수 있는 건 없어."

데이비드는 시계를 힐끔 보았다.

"어쨌든 말이야, 나는 이제 지팡이를 찾아서 할머니에게 돌려줘야 해. 그래야 할머니가 저주를 풀 테니까."

"할머니가 그렇게 말했어?"

데이비드는 고개를 끄덕였다.

"네가 지팡이를 돌려주면 저주를 풀어 주겠다고 했어?"

처음으로 토리는 진짜로 놀란 것 같았다.

"응."

데이비드는 대답을 하고는 차를 한 모금 마셨다.

토리가 말했다.

"흠……."

리키가 복도에서 걸어오고 있었다. 데이비드는 곁눈질로 리키를 보았다. 데이비드가 지금 무조건 막아야 하는 일은, 리키가 바보 형이나 그의 바보스러운 여자 친구에 대해 뼈 있는 농담을 던지는 것이었다.

리키가 멈춰 서서 토리를 바라보았다. 그러고는 부엌으로 걸어 들어왔다.

토리가 인사를 건넸다.

"안녕."

리키는 계속 토리를 빤히 보며 말했다.

"안녕하세요."

데이비드가 두 사람을 소개해 주었다.

"토리, 여기는 내 동생 리키. 리키…… 토리."

토리가 말했다.

"캐모마일 차 한잔 마실래?"

데이비드는 눈을 감았다. 동생이 무슨 생각을 하고 있는지 상상이 되었기 때문이다.

리키가 말했다.

"좋아요."

토리가 말했다.

"잔 하나 가져와."

리키는 찻잔을 가져온 다음, 조리대를 사이에 두고 토리 맞은편에 앉았다. 그러고는 찻주전자를 향해 손을 뻗었지만, 토리가 먼저 찻주전자를 들었다. 토리는 리키에게 차를 따라 주며 이렇게 말했다.

"자기 차를 직접 따르면 재수가 없대."

리키는 차를 한 모금 마시더니 얼굴을 찡그렸다.

"차에 꿀 좀 타 줄까?"

"누나는 차에 꿀을 타서 마셔요?"

"아니, 나는 그냥 마시는 게 좋아."

"꿀 안 넣을래요."

리키는 다시 차를 한 모금 마셨다.

"맛있네요."

리키는 토리를 향해 싱긋 웃었다.

지켜보고 있던 데이비드는 깜짝 놀랐다. 리키가 토리를 바보로 생각하지 않는 것이 확실했다. 데이비드는 오븐 위의 시계를 힐끗 보았다. 11시 25분이었다.

토리가 말했다.

"이렇게."

토리는 엄지와 검지로 찻잔을 들었다. 새끼손가락은 바깥으로 쭉 뻗어 있었다.

리키가 우아하게 자기 찻잔을 들었다.

리키와 토리는 함께 하하 웃었다.

초인종이 울렸다.

데이비드와 리키가 서로를 바라보았다.

아빠가 소리쳤다.

"누가 문 좀 열어 줘라!"

리키가 마지못해 말했다.

"제가 나갈게요."

리키는 캐모마일 차를 한 모금 더 마시고는 일어서서 문으로 향했다.

데이비드와 토리는 무슨 비밀 농담을 공유한 것처럼 서로를 보며 미소 지었다. 다만 문제는 그 농담이 무엇인지 데이비드는 몰랐다는 것이다.

리키가 돌아왔고, 뒤이어 래리와 모 그리고 모가 목줄로 끌고 온 갈색과 회색이 섞인 작은 개가 들어왔다.

크기는 강아지만 했으며, 한쪽 귀는 접혀 있고 한쪽 귀는 쫑긋 서 있었다.

토리가 소리쳤다.

"오, 정말 귀엽다!"

래리와 모는 잠시 토리를 물끄러미 보다가 고개를 돌려 재미있다는 듯이 데이비드를 바라보았다.

데이비드는 어깨를 으쓱했다.

래리는 엄지손가락으로 개를 가리키고는 미소를 지으며 말했다.

"킬러."

모가 개를 쓰다듬기 위해 무릎을 꿇으며 말했다.

"유기견 보호소에서 데려왔어. 크고 사나운 개를 데려오고 싶었는데–모는 킬러의 머리를 쓰다듬었다.–얘를 아무도 안 데려가면 안락사시켜야 한다고 해서."

킬러가 모의 얼굴을 핥았다.

토리가 말했다.

"너희도 캐모마일 차 좀 마실래?"

모가 말했다.

"토 나와."

토리가 하하 웃었다.

리키가 말했다.

"아니에요, 정말 맛있어요."

래리가 말했다.

"그러니까 어, 로저하고 싸우는 거 있잖아. 우리가 같이 갈 게. 네가 아직 원한다면 말이야. 네가 얻어맞을 거면, 나도 같이 얻어맞지, 뭐."

래리는 미소를 지으면서 파란색 선글라스를 고쳐 썼다.

"단짝 친구가 그러라고 있는 거 아니냐?"

데이비드가 미소를 지으며 말했다.

"고맙다, 친구야. 고마워, 모."

모가 말했다.

"너를 위해서만 이러는 건 아니야. 나 자신을 위한 것이기도 해. 나는 그⋯⋯."

모는 리키를 한 번 보고는 내쳐 말했다.

"땅돼지 같은 놈들을 더는 못 봐 주겠어."

토리가 데이비드에게 물었다.

"너, 로저 델브룩이랑 싸울 거야?"

"어쩔 수 없으면. 지팡이가 걔한테 있으니까."

토리가 딱 부러지게 말했다.

"나도 갈게."

리키가 소리쳤다.

"나도!"

데이비드가 동생을 보며 말했다.

"너는……."

리키가 말했다.

"글렌도 거기에 있을 거야. 글렌 델브룩한테 한 방 먹이고 싶어!"

# 31

아이들은 차를 다 마시고, 화장실에 가야 할 사람은 모두 다 녀온 다음, 11시 45분에 로저 델브룩의 집으로 출발했다.

리키와 토리는 손을 잡았다. 데이비드는 리키가 토리를 좋아 해서 기뻤지만, 토리의 손을 잡고 있는 사람이 자기가 아니라 아쉬웠다. 따지고 보면, 지금 얼굴을 얻어터지러 가는 사람은 동생이 아니라 자기인데 말이다.

모가 말했다.

"잠깐만."

모두들 킬러가 인도 한가운데에서 볼일을 보는 동안 멈춰 서 서 기다렸다.

모가 말했다.

"됐어."

데이비드가 말했다.

"그거 치워야지."

"왜?"

"누가 밟을 수도 있잖아."

"그런데?"

데이비드는 모를 물끄러미 보았다. 그리고 자기가 왜 지금 이런 입씨름을 벌이고 있는지 모르겠다고 생각했다.

모가 말했다.

"그럼 네가 치워."

토리가 말했다.

"내가 치울게."

토리는 나뭇가지를 이용해 킬러의 배설물을 인도에서 나무들 뒤로 옮겼다.

데이비드는 자신이 바보처럼 느껴졌다.

"우리 모두 조금 긴장한 것 같아."

"그러게."

모는 그렇게 말하고는, 애써 활기찬 목소리로 이렇게 말했다.

"야, 걱정할 것 하나도 없어. 걱정해야 하는 사람은 로저야!"

래리도 애써 들뜬 목소리로 옆에서 거들었다.

"맞는 말씀!"

리키가 말했다.

"그리고 글렌도!"

모가 말했다.

"걔들은 아마 지금쯤 바지에 오줌을 지리고 있을걸!"

리키가 하하 웃었다.

아이들은 계속 델브룩 형제의 집을 향해 걸어갔다. 토리가 다시 리키의 손을 잡았다. 커먼웰스 거리에 다다랐을 때 리키가 말했다.

"이 길 끝에 있는 집이에요."

자기가 길을 알고 있다는 것을, 그냥 따라온 것이 아니라는 것을 알려 주기 위한 말 같았다.

아이들은 막다른 길의 끝까지 걸어갔다.

데이비드가 말했다.

"여기에서 기다려."

데이비드는 현관문으로 혼자 걸어갔다.

집은 아무도 없는 것처럼 조용하고 캄캄했다.

데이비드는 생각했다.

'어쩌면 로저가 나를 두려워하는 것일지도 몰라. 후, 퍽이나

그렇겠다.'

데이비드는 초인종을 누르려다 멈추고는 주먹으로 문을 쾅쾅 두드렸다.

그러고는 기다렸다.

로저가 문을 열면서 말했다.

"미안해요. 안 사요."

로저의 친구들이 깔깔 웃었다.

진저가 말했다.

"야, 컬리, 지퍼나 올려!"

모두들 와 있었다. 랜디, 스콧, 앨빈, 레슬리, 진저, 글렌.

데이비드는 목소리가 떨리지 않도록 애쓰면서 말했다.

"지팡이 가지러 왔어."

로저가 징징거리는 목소리로 빈정거렸다.

"어, 지팡이는 줄 수 없겠는데요."

로저의 친구들이 깔깔 웃었다.

스콧이 말했다.

"밸린저, 너 자신을 위해 그만 집으로 가."

데이비드는 예전 단짝 친구를 째려보았다.

"이건 너하고 아무 상관 없어, 스코티. 그러니 아첨쟁이는 그만 빠져 주시지."

스콧의 얼굴이 빨개졌다. 스콧은 대꾸를 하려고 했지만, 말이 목에 턱 걸린 듯했다. 그저 깔보는 웃음을 지을 뿐이었다.

레슬리가 뱀 머리 두 개와 초록색 눈 네 개가 있는 지팡이를 들어 올리면서 말했다.

"네가 원하는 게 이거야?"

레슬리는 지팡이를 로저에게 건넸다.

데이비드가 로저에게 도발적인 말을 던졌다.

"그 지팡이를 얻기 위해 너하고 싸울 거야. 이기는 사람이 지팡이를 가지는 거야."

로저가 웃으면서 말했다.

"내가 왜 이걸 얻기 위해 싸워야 하지? 이미 내가 가지고 있는데."

로저의 친구들이 다시 깔깔 웃었다.

데이비드는 뭘 어떻게 해야 할지 몰랐다. 지난밤을 새우며 많은 일에 대해 걱정했지만, 로저가 아예 싸우려 들지 않으리라는 생각은 한 번도 떠오르지 않았다. 데이비드는 다시 로저에게 도발적인 말을 던졌다.

"너, 겁쟁이니?"

로저가 하하 웃었다. 그러고는 빙긋이 웃으며 말했다.

"내가 좀 그래."

데이비드는 로저에게 가운뎃손가락을 올려 보였다.

로저의 얼굴에서 웃음기가 사라졌다.

"그거 하지 마."

데이비드는 가운뎃손가락을 계속 로저에게 향한 채로 뒷걸음질을 쳐 현관 계단을 내려갔다.

로저는 지팡이를 랜디에게 넘기고는 밖으로 걸어 나오면서 말했다.

"아까 그거 취소하는 게 좋을걸."

취소? 데이비드는 어리둥절했다. 취소를 어떻게 하지? 가운뎃손가락을 내리고 나머지 네 손가락을 올려야 하나?

로저가 다그쳤다.

"왜 그렇게 빙긋이 웃는데?"

데이비드는 자신이 빙긋이 웃는 것을 몰랐지만, 이제는 더 활짝 웃으면서 계속 가운뎃손가락으로 로저의 코를 가리켰다.

앨빈이 로저를 따라 밖으로 나오더니 웃으면서 말했다.

"봐. 자기 패거리를 데려왔네."

로저가 말했다.

"대단한 패거리다. 큰 바보 세 명에 작은 바보 한 명 그리고……."

로저는 말을 멈추고 랜디를 바라보았다.

랜디의 얼굴이 빨개졌다.

데이비드는 여전히 손가락을 올린 채로 토리를 힐끔 보았다.

로저의 주먹이 데이비드의 귀를 강타했다. 데이비드는 비틀거리며 뒤로 물러났지만 넘어지지는 않았다. 두 번째 주먹이 목 옆쪽을 때렸다.

데이비드는 방어를 위해 두 팔을 얼굴 앞으로 올리면서 맞서 싸울 수 있도록 몸의 균형을 잡으려고 애썼다. 로저의 주먹이 데이비드의 두 팔 사이를 뚫고 들어와 코를 때렸다.

데이비드는 로저를 향해 약하게 주먹을 휘둘렀다. 모의 응원 소리가 들렸다.

"좋아, 데이비드, 때려 버려!"

그때 로저의 주먹이 데이비드의 배에 꽂혔다.

로저는 왼손으로 데이비드의 멱살을 잡고 오른손 주먹의 앞뒤로 데이비드의 얼굴을 계속해서 가격했다. 데이비드는 자신을 지키지도 못하고 맞서 싸우지도 못하는 헝겊 인형이 된 것 같은 느낌이었다. 셔츠 칼라가 로저의 손에 찢어졌고, 데이비드는 현기증을 느끼면서 땅으로 쓰러졌다.

데이비드는 로저를 올려다보면서 좀 더 일찍 깨달았으면 훨씬 더 좋았을 한 가지를 깨달았다. 그는 싸우는 법을 몰랐다. 방어하는 법도, 심지어 주먹을 날리는 법도 몰랐다.

리키가 글렌에게 몸을 날렸고, 함께 땅바닥에 쓰러졌다. 둘은 잔디밭을 구르며 서로를 움켜쥐고 할퀴고…….

앨빈은 킬러를 가리키며 물었다.
"야, 모, 얘가 네 여동생이냐?"
모는 앨빈을 밀쳤다. 그러고는 도발적인 말을 던졌다.
"여자랑 싸우기 무섭지?"
"아니."
앨빈은 손바닥을 쫙 펴서 모의 코와 입을 때렸다.
모가 땅으로 쓰러졌다. 앨빈은 모를 찰 것처럼 한 다리를 뒤로 뺐다가 멈추었다.
"에이, 울잖아."
그러자 래리가 파란색 선글라스를 벗고…….

데이비드는 다른 것도 한 가지 깨달았다. 아픔은 견딜 수 있다는 것이었다. 물론 아팠지만, 그리 심하게 아프지는 않았다. 데이비드는 몸을 일으켜 맹렬하게 로저에게 달려들어…….

리키는 글렌에게 헤드록을 걸어 계속 강하게 조이고 있었고, 글렌은 무력하게 발버둥을 치고…….

스콧은 한쪽 팔로는 진저를, 다른 팔로는 레슬리를 감고 있었다. 토리가 천천히 그들을 향해 걸어가서…….

"이이이얍!"
래리는 앨빈 앞으로 점프하면서 기합을 넣었다.
래리는 인디애나폴리스의 쿵후 도장에서 배운 모든 것을 기억해 내려고 애썼다. 래리의 손은 쇠 접시 같았지만, 팔과 다리는 물처럼 부드러웠다. 또한 몸의 중심을 완벽하게 잡고 있었다.
앨빈이 말했다.
"얜 또 뭐야?"
래리가 앨빈의 배를 찼고…….

글렌은 몸을 비틀어 리키의 헤드록에서 빠져나와 팔꿈치로 리키의 옆구리를 세게 밀치고는 리키 위에 올라탔다. 리키는 한 손으로 글렌의 얼굴을 밀어내고 있었다. 글렌이 주먹으로 리키의 눈을 때렸지만, 왼손이라 별로 강하지는 않았고…….

토리는 스콧을 따돌리고 랜디를 향해 계속 걸어갔다. 랜디는 무릎에 지팡이를 올려놓은 채 현관 계단에 앉아 있었다. 토리는 랜디의 옆에 앉아…….

데이비드는 몸을 숙여 날아오는 로저의 주먹을 피하고 그에게 달려들었다. 둘 다 땅으로 넘어졌다. 데이비드는 재빨리 로저 위에 올라타서 있는 힘껏 로저의 옆얼굴을 때렸다. 고통 때문에 로저의 얼굴이 일그러졌고…….

킬러는 모의 무릎에 앉아 모의 얼굴에 흐르는 눈물을 핥고 있었다.
래리는 앨빈에게 다시 발길질을 하려고 했지만, 이번에는 앨빈이 공중에 있는 래리의 발을 붙잡았다. 래리는 숨이 턱 막힐 정도로 세게 등부터 땅에 떨어졌다. 앨빈은 마당을 가로질러 래리를 질질 끌고 갔고…….

로저는 데이비드를 밀쳐 내고는 이미 코피를 쏟고 있는 데이비드의 코를 향해 주먹을 날렸다. 그리고 곱슬머리를 움켜잡아 데이비드를 수풀 속으로 끌고 가서 얼굴을 흙에 처박고…….

토리와 랜디는 서로의 눈을 뚫어지게 바라보았다. 랜디가 어깨를 으쓱하고……

앨빈은 수풀 한가운데를 가로질러 래리를 끌고 가서, 데이비드가 누워 있는 곳 바로 옆 흙바닥에 래리를 내려놓고……

리키는 글렌을 꼼짝 못 하게 잡고 있었다.

"항복할래?"

글렌이 신음하듯이 대답했다.

"싫어."

리키는 글렌의 목이 늘어날 정도로 턱을 힘껏 뒤로 밀면서 다시 물었다.

"항복할래?"

글렌이 숨을 헐떡이며 말했다.

"안 해!"

로저가 리키의 옆머리를 걷어찼다.

잠시 후 정신을 차린 리키는 글렌 옆 땅바닥에 누워 있었다.

"내 동생은 건들지 않는 게 좋을 거다."

로저가 리키 위에 서서 으름장을 놓았고……

래리는 기침을 했다.

데이비드는 흙에 머리를 묻은 채로 누워 있었다. 아직 머리를 들 준비가 되지 않았다. 우선은 그 자리에 가만히 엎어져 있어야 했다. 데이비드는 눈을 감았다.

래리는 신음하듯이 말했다.

"아, 나 토할 것 같아."

그러고는 다시 기침을 했다.

데이비드는 몸을 일으켜 무릎을 꿇고 앉았다. 머리가 깨질 듯이 아팠다. 데이비드는 입에서 흙을 뱉었다.

래리도 몸을 일으켰다. 둘은 비트적거리며 마당을 가로질러 갔다. 데이비드는 소매로 얼굴을 닦고 나서 소매에 묻은 피와 흙을 바라보았다.

모는 래리에게 파란색 선글라스를 건네주었다. 그러고는 환하게 웃으며 말했다.

"너 정말 멋졌어!"

토리가 그들 뒤에서 다가와 데이비드에게 팔짱을 꼈다.

"이만 퇴장할까요, 밸린저 군?"

토리의 손에는 뱀 머리 지팡이가 들려 있었고······.


리키와 글렌은 땅바닥에 나란히 앉아 있었다.

"네가 완전히 이기고 있었어."

글렌이 인정했다.

"우리 형이 와서 너를 차 버리기 전까지는. 형이 그럴 줄 몰랐어."

리키는 어깨를 으쓱했다. 리키는 아직도 머리가 욱신거렸다.

글렌이 말했다.

"너희 형 여자 친구 예쁘더라."

리키는 고개를 끄덕였다.

글렌은 이렇게 한마디 덧붙였다.

"너희 형도 괜찮더라."

"우리 형은 최고야!"

리키가 그렇게 말했고……

로저는 여전히 현관 계단에 앉아 있는 랜디를 내려다보고 고개를 절레절레 저으며 따져 물었다.

"도대체 왜 개한테 지팡이를 준 거야?"

레슬리가 말했다.

"개는 너를 좋아하지도 않아. 개는 데이비드를 좋아해."

"누가 그걸 모르냐?"

랜디는 그렇게 말했고……

"우리가 본때를 보여 줬어!"

다시 파란색 선글라스를 쓴 래리가 델브룩네 집을 떠나면서 말했다.

모가 맞장구쳤다.

"두말하면 잔소리! 다시는 아무도 우리를 건들지 못할 거야."

래리가 말했다.

"내 쿵후 봤지? 일본에서 배운 거야. 내가 레슨을 딱 한 번밖에 안 받았다면 믿을 수 있겠니? 이야, 내가 레슨을 두어 번만 더 받았더라면! 그래도 말이야, 내 첫 번째 발차기가 퍽! 녀석의 배에 정통으로 맞았지. 앨빈은 이제 래리 클라크스데일의 발 맛이 어떤지 잘 알 거야!"

모가 말했다.

"맞아!"

래리가 말했다.

"모, 너도 걔한테 맞섰어. 걔가 기습 공격으로 너를 쓰러뜨리기 전까지는."

모가 말했다.

"내가 쓰러져 있기는 했지만, 싸움을 포기한 건 아니었어."

리키가 말했다.

"누나는 킬러를 돌봐야 했으니까요."

모가 리키를 향해 미소를 지으며 말했다.

"맞아. 난 네가 글렌을 다루는 게 정말 마음에 들더라."

"내가 괜찮게 해냈죠. 그런데 걔도 알아요. 사실 글렌은 그렇게 나쁜 애가 아니에요. 그냥 걔 형이 못됐을 뿐이죠."

데이비드가 지팡이를 짚고 절뚝거리며 말했다.

"음, 솔직히 말하면, 로저가 나보다 더 잘 싸웠어. 하지만 나도 한 방은 제대로 먹였는데, 로저는 그 한 방을 오래오래 기억할 거야."

래리가 말했다.

"그걸 말이라고!"

리키가 의기양양하게 말했다.

"누구도 우리 형을 괴롭히고 무사할 수는 없지!"

데이비드가 말했다.

"내 동생도."

래리가 말했다.

"우리는 지팡이를 위해 갔고, 결국 쟁취했어!"

데이비드가 지팡이를 들어 올리자 모두들 환호했다.

모가 말했다.

"토리가 없었으면 못 해냈을 거야. 토리가 그냥 랜디한테 똑바로 걸어가서 지팡이를 가져왔어. 랜디는 자기가 무엇에 맞았는지 절대로 모를걸."

토리가 빙긋이 웃고는 허공을 내리치는 동작을 했다. 그러고는 슬픔이 아주 살짝 밴 목소리로 말했다.

"걔 마음을 완전히 두 동강 내 버렸지."

## 32

토리의 손과 데이비드의 손이 앞뒤로 왔다 갔다 하면서 닿을 듯 말 듯 했다. 데이비드는 토리가 팔짱을 끼면서 '이만 퇴장할까요, 밸린저 군?'이라고 말했을 때 토리의 팔에 닿았던 부분이 어디인지 지금도 느낄 수 있었다. 그 기쁨이 온몸의 나머지 부분을 뒤덮고 있는 고통을 보상해 주고도 남았다.

데이비드는 옆에서 걷고 있는 토리를 바라보았다. 토리는 데이비드를 보며 미소 지었다.

리키가 말했다.

"있잖아, 래리 형. 나한테 쿵후 좀 가르쳐 줄 수 있을까요?"

"어, 잘 모르겠다, 리키. 쿵후의 핵심은 그것을 언제 사용할지 아는 거야. 굉장한 책임이 따르지. 엄청난 절제력을 배워야 해. 내면의 강함이 필요하지. 무슨 뜻인지 알겠어?"

"알 것 같아요."

데이비드는 팔이 앞으로 나아갈 때 자기 손이 토리의 손에 스치도록 내버려 두었다. 팔이 뒤로 갈 때에도 두 손은 스쳤다. 토리의 손이 다시 한번 다가왔을 때, 데이비드는 토리의 넷째 손가락과 다섯째 손가락을 잡았다.

토리는 아무 말도 하지 않았다. 데이비드는 토리를 보지 않았다. 그리고 토리의 새끼손가락과 약손가락을 손바닥으로 감싸 쥐었을 때, 데이비드는 토리가 자기를 쳐다보고 있는지 아닌지 알 수 없었다.

토리의 손가락들이 조금 꼼지락거렸다. 데이비드는 쥐고 있는 손의 힘을 조금 뺐고, 둘은 손 전체를 잡을 수 있도록 손을 움직였다.

데이비드는 토리를 힐끔 보았고, 둘은 서로를 향해 미소를 지었다. 둘은 다시 손을 움직여 깍지를 끼었다.

아이들은 베이필드 할머니의 낡은 저택 앞길로 들어섰다.

데이비드가 말했다.

"여기가 할머니 집 앞길이야."

데이비드는 자기 목소리에 놀랐다.

길은 서늘하고 어둑했다. 햇빛을 가로막는 큰 나무들이 줄지어 있었기 때문이다.

모가 말했다.

"좀 으스스하다."

"너희는 꼭 갈 필요 없어. 만약……."

데이비드는 뒤를 바라보다 래리와 모도 손을 잡고 있는 것을
보았다.

"……안 가고 싶으면."

래리가 말했다.

"여기까지 왔는데 이대로 돌아갈 수는 없지."

리키가 말했다.

"그 할머니가 무슨 마녀 같은 거예요?"

리키는 손에 개의 목줄을 쥐고 있었다.

데이비드가 말했다.

"할머니가 나한테 저주를 내렸어. 그래서 내가 요즘 그렇게
바보스럽게 굴었던 거야. 문제는 내가 아니었어. 저주였지. 말
해도 안 믿을 것 같아서 너한테 말하지 않았어."

"형 말 믿어. 할머니가 저 두 사람한테도 저주를 내렸나 보
네."

리키는 손짓으로 모와 래리를 가리켰다.

모가 말했다.

"아니야, 우리는 원래 이상해."

데이비드가 말했다.

"그래서 지팡이를 가지러 가야 했던 거야. 이건 펠리시아 베이필드의 할머니의 지팡이야. 내가 지팡이를 가져오면 저주를 풀어 준다고 하셨어."

리키가 말했다.

"그럼 뭐가 문제야? 지팡이를 주기만 하면 되잖아."

토리가 말했다.

"그렇게 쉬운 일이 아니야. 이 할머니는 온갖 종류의 이상하고 신비로운 힘을 가진 못되고 사악한 마녀거든. 우리 모두에게 저주를 내릴지도 몰라!"

토리는 데이비드의 손을 꼭 쥐었다.

리키가 말했다.

"나는 그 할머니 만나 보고 싶어!"

데이비드는 토리의 손을 놓고 땀이 찬 손바닥을 청바지에 닦았다.

"좋아. 가자."

토리가 다시 데이비드의 손을 잡았다.

아이들은 천천히 녹슨 철제 대문으로 다가갔다. 데이비드가 지팡으로 밀어 대문을 열었다. 데이비드와 토리가 먼저 대문 안으로 들어갔고, 뒤따라 래리와 모 그리고 마지막으로 리키와 킬러가 들어갔다. 킬러는 잠시 멈춰 서서 마당에 오줌을 쌌다.

데이비드가 조용히 말했다.

"저게 우리가 깬 창문이야."

모가 속삭였다.

"새것처럼 멀쩡한데."

래리가 말했다.

"누가 고쳤나 보지."

토리가 속삭였다.

"그럴 수도 있고, 아닐 수도 있어."

리키가 물었다.

"그게 무슨 뜻이에요?"

"데이비드가 너희 집 창문을 깼을 때, 이 집 창문이 갑자기 멀쩡해졌을 수도 있어."

래리가 말했다.

"나 순간 등골이 오싹했어."

아이들은 나무 계단을 올라갔다. 데이비드가 말했다.

"저게 흔들의자야."

아이들은 천천히 현관문으로 다가갔다. 데이비드는 토리의 손을 놓았다.

토리가 말했다.

"노크를 해야 해. 초인종은 고장 났거든."

데이비드가 방충문을 열다 말고 고개를 돌려 토리를 의아하게 바라보았다.

"아니, 고장 난 것처럼 보인다고."

토리가 어깨를 으쓱하고는 말을 이었다.

"원한다면 눌러 봐도 돼."

"아니야. 고장 난 것 맞아."

데이비드는 쪼그라든 머리 모양의 노커를 들어 나무 문을 세 번 두드렸다. 그러고는 뒤로 물러서서 쾅 소리가 나지 않도록 조심조심 방충문을 닫았다.

토리가 두 손으로 데이비드의 팔을 잡았다.

모가 속삭였다.

"할머니가 죽었으면 어떡해? 저주를 풀어 주기 전에 죽었으면?"

리키가 말했다.

"저주가 할머니와 함께 죽을 수도 있잖아요."

래리가 설명했다.

"아니, 그런 식으로 작동하는 게 아니야. 누군가가 너한테 저주를 내린 다음에 죽으면, 저주를 풀 방법은 없어. 그리고 네가 애들을 낳으면, 그 애들도 저주를 받아."

문 안쪽에서 딸깍하는 소리가 나더니, 문이 빠끔 열렸다. 베이필드 할머니가 밖을 내다보았다.

데이비드가 할머니에게 보이도록 지팡이를 높이 들고는 말했다.

"지팡이 가져왔습니다."

"정말로 가져왔구나, 정말로 가져왔어!"

문이 닫혔다. 이어 안전 체인이 풀리고 문이 활짝 열렸다.

토리가 무릎을 꿇고 빌었다.

"제발 저를 해치지 마세요. 할머니께서 엄청난 힘을 가지고 있는 것은 알지만, 데이비드 밸린저가 약속한 대로 저주를 풀기 위해 지팡이를 가져왔어요. 저는 그냥 데이비드 밸린저와 함께 온 것뿐이에요."

베이필드 할머니의 초록색 눈이 토리에게서 데이비드에게로 다시 토리에게로 그리고 다시 데이비드에게로 휙휙 왔다 갔다 했다.

"그런데 밸린저 군, 너와 함께 온 이 건달들은 누구지?"

모와 래리는 여전히 손을 맞잡은 채로 살짝 고개를 숙였다.

"저는 래리고, 얘는 모예요."

모가 말했다.

"모린이에요."

래리는 베이필드 할머니에게 잘 보이기 위해 이렇게 말했다.

"저희가 데이비드한테 자기 머리에 레모네이드를 붓게 했습니다."

데이비드는 베이필드 할머니가 웃으려고 하는 것을 설핏 본 것 같았지만, 할머니는 곧바로 리키에게 관심을 집중하면서 예의 그 엄한 표정으로 돌아갔다.

할머니가 물었다.

"이건 네 개니?"

리키가 고개를 가로젓고는 모를 가리키며 말했다.

"저 누나 개예요."

그리고 다시 데이비드를 가리키며 말했다.

"저는 동생이에요."

베이필드 할머니가 말했다.

"그렇구나. 음, 들어오렴. 너희 모두. 개도 데려오렴."

모가 미리 주의를 주는 뜻으로 말했다.

"얘 이름은 킬러예요."

# 33

데이비드는 벽에 걸린 얼굴들이 모두 자기를 가만히 바라보고 있는 것 같았다. 흉터가 있는 남자, 두 턱을 가진 여자, 반은 인간이고 반은 사자인 얼굴……. 데이비드는 가는 금속 테 안경을 쓴 평범한 남자의 얼굴을 보지 않으려고 애썼지만, 자꾸만 눈길이 그쪽으로 갔다. 남자의 얼굴은 아주 옅은 미소를 머금고 있었다. 데이비드는 지난번에 그 미소를 본 기억이 없었다.

펠리시아 베이필드 할머니는 길고 앙상한 두 손을 비볐다.

"그래, 밸린저 군, 내가 저주를 풀어 주기를 원한다는 거지? 그렇지?"

데이비드는 초조하게 기다렸다. 토리가 데이비드의 손을 꽉 쥐었고, 데이비드도 토리의 손을 꽉 쥐었다.

거실에는 소파와 2인용 안락의자와 큰 의자 두 개가 있었지만, 데이비드와 친구들은 모두 소파에 따닥따닥 붙어 앉았다. 킬러는 모의 무릎에 누워 있었다.

베이필드 할머니는 소파 맞은편에 있는 의자에 앉았다.

"응?"

할머니는 대답을 재촉했다.

데이비드가 말했다.

"아, 대답을 원하시는지 몰랐어요. 그런 질문들 있잖아요, 대답을 기대하지 않는 질문들. 그런 건 줄 알았어요."

토리가 속삭였다.

"수사적인 질문."

데이비드가 말했다.

"수사적인 질문요."

베이필드 할머니가 중얼거렸다.

"음, 음."

토리가 말했다.

"데이비드가 지팡이를 가져왔어요. 지팡이를 가져오면 저주를 풀어 줄 거라고 하셨잖아요."

"조용히!"

베이필드 할머니가 명령하고는 말을 이었다.

"나는 아이들이 내게 명령하는 것을 좋아하지 않아. 내가 어렸을 때에 아이들은 어른들을 존경하라고 배웠단다."

할머니는 의자에서 일어나서 다시 명령했다.

"토리, 일어나."

토리는 데이비드의 손을 놓고 일어났다.

베이필드 할머니는 토리의 팔꿈치를 움켜쥐고는 말했다.

"나하고 같이 부엌으로 가자꾸나."

데이비드가 벌떡 일어나 토리의 다른 팔을 잡고 말했다.

"얘는 아무것도 안 했어요. 얘는 그냥……."

데이비드는 펠리시아 베이필드 할머니의 차가운 눈빛을 보고 말을 멈추었다. 그리고 다시 소파에 앉아 베이필드 할머니가 거실 끝에 있는 문 안으로 토리를 데려가는 모습을 지켜보았다.

리키가 속삭였다.

"할머니가 토리 누나를 어떻게 할 것 같아?"

모가 물었다.

"할머니가 토리의 이름은 어떻게 알았을까?"

래리가 말했다.

"토리의 얼굴을 훔치지 말아야 하는데."

데이비드가 말했다.

"뭐?"

래리가 좀 전에 한 말을 되풀이했다.

"토리의 얼굴을 훔치지 말아야 한다고."

데이비드가 말했다.

"아니, 모, 아까 뭐라고 했어?"

"토리는 자기 이름을 말한 적이 없어. 할머니가 토리 이름을 어떻게 알았는지 궁금해."

데이비드가 설명했다.

"그건 할머니가 가지신 능력 중 하나야. 할머니는 지난 몇 주간 나를 지켜보셨어. 내가 아는 건 다 알고 계셔. 내가 토리랑 있는 모습을 보셨겠지. 그런데 이상한 건……."

모가 물었다.

"뭔데?"

"토리는 토리라고 부르고 나는 밸린저 군이라고 불렀어."

"그런데?"

"모르겠다."

데이비드는 벽에 걸린 얼굴들을 바라보았다. 평범한 얼굴의 남자는 이제 웃고 있지 않았다. 얼굴이 특별히 바뀐 것은 아니었지만, 더 이상 웃고 있는 것 같지 않았다. 애초부터 웃고 있지 않았던 것일 수도 있었다.

래리가 헉하고 놀랐다.

데이비드가 돌아보자, 얼굴에 가면을 쓰고 거실로 들어오는 토리가 보였다. 토리 뒤에는 베이필드 할머니가 서 있었다. 토리는 한 걸음, 한 걸음 느릿느릿 신중하게 걸었다. 한 손으로는 가면을 꽉 잡고 있었다.

가면은 토리의 얼굴 가면이었다.

코 모양, 입 모양, 모든 것이 똑같았다. 주근깨 하나하나까지 똑같았다.

베이필드 할머니는 탁한 노란색 액체가 가득 든 컵을 들고 있었다. 할머니가 명령을 내렸다.

"멈춰!"

토리는 멈추고서 동상처럼 꿈쩍도 하지 않았다.

베이필드 할머니는 토리를 지나쳐 데이비드에게 컵을 내밀었다.

데이비드는 잠시 머뭇거리다 컵을 받았다.

"마시렴."

순간 데이비드는 액체를 할머니의 얼굴에 확 끼얹을까 하는 생각을 했지만, 이 모든 사태의 시작이 바로 그런 행동 때문이었다는 것을 깨달았다.

할머니가 데이비드에게 말했다.

"저주를 풀고 싶으면 마시는 게 좋을 거야."

"토리는요?"

"토리를 구할 방법은 하나밖에 없어."

"뭔데요?"

"먼저 네가 이것을 마셔야 해."

데이비드는 액체를 마셨다. 달면서도 매우 셨다.

"아아아아아아……."

베이필드 할머니는 마치 자신이 액체를 마신 듯이 말했다.

"기분이 훨씬 좋구나. 우리는 이제 둘 다 끔찍한 저주에서 벗어났어."

모가 물었다.

"할머니도요?"

"저주는 밸린저 군만큼이나 나에게도 괴로웠단다. 나한테 더 심했을 수도 있어."

데이비드가 말했다.

"토리는요?"

데이비드는 얼굴 앞에 또 다른 얼굴을 든 채 동상처럼 뻣뻣하게 굳어 있는 토리를 바라보았다.

베이필드 할머니가 말했다.

"토리에게 뽀뽀를 하렴."

토리는 아주 살짝 움직이는 듯하다가 다시 미동조차 하지 않았다.

데이비드는 소파에서 일어나 토리 바로 앞에 섰다. 자신의 심장이 뛰는 소리가 들렸고, 토리의 몸이 아주 조금 떨리는 것이 보였다. 몸에 달려 있지 않은 토리의 얼굴은 무척 아름다웠다.

데이비드는 이 모든 것을 이제 하나도 믿지 않았다. 더구나 애초부터 저주라는 것을 믿지 않았다.

데이비드는 가면의 입술에 부드럽게 입을 맞추었다. 생각보다 딱딱하고 뻣뻣해서 놀랐다.

토리는 가면 뒤에서 황홀한 기분을 느꼈다.

"오."

토리는 기절하여 바닥에 쓰러졌다. 여전히 가면이 얼굴을 덮고 있었다.

데이비드가 말했다.

"좋아, 이제 어떻게 된 건지 나한테 말해 봐."

토리가 가면을 벗었다. 가면을 벗어도 여전히 얼굴이 있었다. 토리는 눈을 깜빡거리며 물었다.

"여기가 어디야?"

데이비드가 말했다.

"연기는 이제 그만해도 돼."

베이필드 할머니가 말했다.

"내가 장담하는데, 밸린저 군, 아무도……."

"왜 자꾸 저를 밸린저 군이라고 부르시는 거예요?"

"그게 너의 이름이잖니."

"하지만 얘는 토리라고 부르시잖아요. 할머니하고 토리하
고 아는 사이죠? 토리가 예전에 항상 저를 밸린저 군이라고 불
렀기 때문에 할머니도 저를 밸린저 군이라고 부르시는 거잖아
요!"

베이필드 할머니와 토리는 서로를 바라보았다. 그러고는 깔
깔 웃었다.

래리가 말했다.

"뭐야? 그럼 저 할머니가 마녀가 아니라고?"

토리가 일어서면서 말했다.

"내 친척 할머니야."

토리는 펠리시아 베이필드 할머니를 껴안았고, 둘은 다시 깔
깔 웃었다.

"우리 이모할머니."

데이비드는 둘이 함께 있는 모습을 보면서 자신이 왜 더 일

찍 깨닫지 못했는지 의아했다. 둘은 아주 많이 닮았다. 다른 것은 제쳐 두더라도, 초록색 눈을 보고 눈치챘어야 했다. 데이비드는 베이필드 할머니도 예전에는 빨간 머리였을지가 궁금했다.

데이비드는 여전히 얼어붙은 채로 소파 구석에 앉아 있는 리키를 힐끔 보았다.

토리가 데이비드에게 말했다.

"우리가 너를 완전히 속였어. 너, 저 음료수가 내 얼굴 주스인 줄 알았지?"

"아니, 처음부터 레모네이드라는 걸 알고 있었어."

리키가 물었다.

"그럼 뽀뽀는 왜 한 거야?"

데이비드는 어깨를 으쓱하면서 얼굴이 빨개지는 것을 느꼈다.

토리의 얼굴도 빨개졌다.

"그건 나도 놀랐어. 할머니가 너에게 그걸 하라고 시킬 줄은 몰랐어."

모가 말했다.

"잠깐만, 저는 이해가 안 돼요. 할머니께서 그냥 보통 사람이라면, 어떻게 데이비드에게 저주를 내리신 거예요?"

베이필드 할머니가 말했다.

"내가 보통 사람이라고 말한 적은 없단다."

토리가 웃었다.

베이필드 할머니가 데이비드를 보며 말을 이었다.

"하지만 나는 저주를 내리지 않았어. 너와 네 동료들이 나를 공격했을 때, 누군가가 '조심해, 저 마녀가 너한테 저주를 내릴지도 몰라.'라고 말했어. 그래서 나는 저주를 만들어 냈지. 나는 너한테 뭐라고 말했는지 기억도 안 나."

데이비드가 말했다.

"너의 도플갱어가 네 영혼에 역류할 거야."

베이필드 할머니는 하하 웃고는 이렇게 말했다.

"썩 좋은 저주는 아니지만, 더 좋은 것을 생각해 낼 겨를이 없었어."

할머니는 손사래를 치고는 말을 이었다.

"네가 느닷없이 우리 집 문 앞에 나타나서 저주와 레모네이드와 벗겨진 바지에 대해 이러쿵저러쿵 열심히 얘기하기 전까지는 그 일에 대해 까맣게 잊어버리고 있었단다. 네가 누구고, 무슨 이야기를 하는지 도통 알 수가 없었지. 그러다가 네가 나를 공격한 남자아이들 중 한 명이고, 내가 너에게 저주를 내렸다고 네가 정말로 믿고 있다는 것을 알게 되었어. 그래서 나도 깜짝 놀랐어."

할머니는 손을 내밀면서 웃었다.

"하지만 네가 그 유명한 밸린저 군이라는 사실은 전혀 몰랐
어."

할머니는 토리를 바라보았다.

토리의 얼굴이 다시 빨개졌다.

데이비드가 말했다.

"하지만 제 이름을 알고 계셨잖아요. 그리고 제 전화번호도
요. 종이에 적혀 있는 것을 봤어요."

토리가 말했다.

"그건 내가 쓴 거야. 내가 여기에서 너한테 전화를 걸었거
든. 너는 아마 기억 못 할 거야. 네가 전화 받는 것을 듣고 겁
이 나서 바로 끊었어. 나는 그냥 너무 궁금해서……. 그러니까
내 말은, 네가 나를 아주 친절하게 대하다가 갑자기 나를 무시
하기 시작했잖아. 그래서 왜 그런지 궁금했어. 내가 무슨 말을
잘못했거나, 아니면 모린이 네 여자 친구인데 모린이 네가 나
랑 얘기하는 것을 싫어해서 그런가 보다 생각했어."

모가 소리쳤다.

"나?"

데이비드가 토리에게 물었다.

"그래, 그럼 너하고 랜디는 무슨 사이야?"

"그냥…… 괜찮은 사이지. 영화관에서 걔랑 나란히 앉은 것은 맞아. 하지만 걔랑 같이 간 건 아니야. 그냥 우연히 만났어. 그리고 캐러멜 한 곽을 같이 먹었어."

토리는 어깨를 으쓱하고는 물었다.

"그래서 나랑 말을 안 한 거야?"

데이비드가 설명을 했다.

"아니, 나는 저주가 무서웠어. 래리한테 저주를 풀 계획이 있었어."

데이비드는 래리를 힐끗 보았다.

"우리는 그 방법을 시도해 봤고, 효과가 있는지 보려면 사흘을 기다려야 했어. 그 사흘 동안 너하고 말하기가 두려웠어. 내 행동이 조금 이상했을 거야. 그런데 네가 나한테 전화한 날 밤에 나도 너한테 전화하려고 했어. 하지만 네 전화번호를 몰랐어."

토리는 데이비드가 전화하지 않은 것을 아쉬워하며 말했다.

"아, 어차피 나는 집에 없었어. 여기에 있었으니까."

리키가 소리쳤다.

"그래서 형이 머리에 레모네이드를 부은 거구나! 그게 래리 형의 계획이었구나."

래리가 물었다.

"혹시 넌 더 나은 계획 있냐?"

모가 베이필드 할머니에게 물었다.

"데이비드의 바지가 벗겨졌다고 하셨나요?"

토리가 소리쳤다.

"정말 귀여운 보라색 속옷을 입고 있었어!"

토리와 모가 깔깔 웃었다.

데이비드가 말했다.

"넌 눈 감고 있었다며!"

"거짓말이었어."

베이필드 할머니가 말했다.

"장담하는데, 데이비드, 네가 이렇게 심하게 멍이 들어서 올 줄 알았다면, 지팡이를 다시 가져오라고 하지 않았을 거야. 정말 미안하구나."

토리가 말했다.

"나도 미안해. 네가 로저랑 싸워야 한다고 말했을 때 어떻게 해야 할지 몰랐어. 너를 어떻게 말려야 할지 몰랐어. 그래서 결국 걔가 너를 두들겨 팼잖아. 계속, 계속."

토리는 몸을 바르르 떨었다.

데이비드는 어깨를 으쓱했다. 그는 저주가 없었다 하더라도 지팡이를 되찾아온 것이 기뻤다. 로저에게 맞선 것 또한 기뻤다.

데이비드는 얼굴을 되찾았다. 멍이 좀 들면 어떤가? 적어도 이제 얼굴이 있다는 것을 느낄 수 있는데.

## 34

"저기 저 가면 보이지?"

토리가 가는 금속 테 안경을 쓴 평범한 남자의 얼굴을 가리키며 말했다.

"허버트 베이필드 할아버지의 가면이야. 할머니가 결혼 25주년 때 선물로 만들어 주신 거야."

모가 말했다.

"우아, 진짜 사람 얼굴 같아."

토리가 자랑스럽게 말했다.

"우리 이모할머니는 사실 아주 유명한 예술가야. 세계 곳곳에 있는 박물관에 가면들이 걸려 있어. 한 박물관에서 허버트 할아버지의 가면을 아주 비싸게 사겠다고 했지만, 할머니는 절대로 저 가면은 안 파실 거야. 어떻게 보는지에 따라 나타나기도 하고 사라지기도 하는 미소로 유명해. 모나리자의 미소와 비교되곤 하지."

모가 말했다.

"혹시 할머니께서 내 가면도 만들어 주실까?"

토리는 어깨를 으쓱하고는 말했다.

"할머니는 흥미로운 얼굴들을 찾으셔. 근데 할머니에게 흥미로운 얼굴들이 어떤 얼굴들인지 나도 잘 모르겠어. 물론 우리 가족들 가면은 다 만들어 주셔."

토리는 아직도 바닥에 있는 자신의 가면을 바라보며 말했다.

"이것도 사실 아직 완성된 건 아니야. 그래서 여태껏 할머니의 작업실에 있었던 거고."

토리는 가면을 집어 자신의 얼굴 옆에 댔다.

"보이지? 주근깨가 다 없잖아."

데이비드가 물었다.

"네 주근깨가 몇 개인지 할머니께서 미리 세신 거야?"

"어?"

토리는 하하 웃고는 말했다.

"아니, 어떤 건 너무 연해서 주근깨인지 아닌지 구분이 안 돼서 몇 개인지 셀 수도 없어. 그래서 할머니가 훌륭한 예술가이신 거야. 그런 것까지 모두 표현하실 수 있거든."

베이필드 할머니가 쿠키와 레모네이드와 컵을 가지고 부엌에서 돌아왔다. 할머니는 이렇게 물었다.

"얼굴 주스 마실 사람?"

할머니는 모두에게 한 잔씩 따라 주었다.

데이비드가 물었다.

"둘 다 저더러 그리스 시인 같다고 말한 것은 어떻게 된 거예요?"

"뭐라고?"

펠리시아 베이필드 할머니가 되묻자 토리가 나서서 설명했다.

"할머니랑 나랑 지난 주말에 외국 영화 축제에 갔어. 거기에 그리스 시인에 관한 영화가 있었어. 네가 꼭 그 시인처럼 옷을 입었더라고."

"그리스 영화였어?"

모의 질문에 토리가 대답했다.

"아니, 프랑스 영화였어. 하지만 그리스 시인에 관한 거였어."

래리가 말했다.

"아, 맞아. 나도 프랑스에 살 때 그 영화 본 것 같아."

데이비드가 물었다.

"프랑스가 인디애나폴리스 근처에 있나 보지?"

래리는 데이비드의 말을 들은 척도 하지 않았다.

모가 말했다.

"좋아요. 이건 어때요? 할머니께서는 그냥 아무 말이나 지어 내서 한 거라고 생각하실 수 있지만, 그게 알고 보니 진짜 저주의 말이어서 자신도 모르게 데이비드에게 저주를 내렸을 수도 있잖아요."

래리가 말했다.

"그럼 데이비드는 아직도 저주를 받고 있고 할머니는 저주를 푸는 법을 모르신다는 뜻이네."

모가 물었다.

"그게 아니라면 할머니께서는 데이비드한테 일어난 모든 일들을 어떻게 설명하시겠어요?"

토리의 유명한 이모할머니가 말했다.

"나한테 이 저주에 대해 좀 더 얘기해 보렴."

데이비드가 말했다.

"저도 모르겠어요. 저는 이런 것을 한 번도 안 믿었는데요, 너무 이상했어요. 애들이 할머니한테 한 일들이 모두 저에게 일어났어요. 우연의 일치가 너무나 많았어요."

데이비드는 할머니에게 부모님의 방 창문을 깬 일부터 바지가 벗겨진 일까지 하나하나 말해 주었다. 심지어 머리에 밀가루가 쏟아진 일까지 말했다.

베이필드 할머니가 말했다.

"음, 나한테 아이디어가 하나 있어. 이게 맞는지는 모르겠지만."

토리가 물었다.

"그게 뭔데요?"

"밸린저 군······, 아니 데이비드, 네가 만약 저주를 받았다면, 그것은 네가 섬세하고 남을 배려하는 사람이기 때문이야."

래리가 웃으면서 말했다.

"네?"

"나는 데이비드가 자신과 다른 아이들이 나한테 저지른 일 때문에 굉장한 죄책감을 느꼈을 것이라고 생각해. 그렇지 않니, 데이비드?"

"저는 할머니가 그저 외로운 할머니인 줄 알았어요. 유명하신 줄 몰랐어요."

베이필드 할머니는 빙그레 웃고는 말했다.

"너는 아마 네가 한 일에 대해 벌을 받아야 한다고 생각했을 거야. 그리고 아무도 너한테 벌을 주지 않자, 네가 스스로에게 벌을 준 거야."

"제가 일부러 창문을 깼다는 말씀이세요?"

"너 또는 네 무의식이."

"그리고 제가 바지가 벗겨지기를 원해서 일부러 바지를 꽉 묶지 않았다는 거네요?"

"그런 것 같구나."

데이비드는 고개를 가로저었다.

"저는 정말 이상한 애네요. 그렇죠? 그러니까 제 말은, 로저하고 랜디하고 스콧은 자신에게 벌을 주지 않았잖아요."

베이필드 할머니가 데이비드를 향해 따스한 미소를 지으며 말했다.

"그 아이들은 너만큼 섬세하지 않은 거지. 너는 남을 배려하고, 생각이 깊고, 사려 깊은 사람이란다. 우리가 사는 이 냉정한 세계에서는 그게 저주일 수도 있지. 너는 시인의 영혼을 가지고 있어."

토리가 데이비드를 보며 환하게 웃었다.

데이비드는 벽에 걸린 얼굴들을 쳐다보았다. 자신의 얼굴이 어느 날 거기에 함께 걸리리라는 것을 알지 못한 채.

## 35

데이비드는 토리의 이모할머니가 한 말에 대해서 곰곰이 생각해 보았다. 자신이 저주를 받았다고 백 퍼센트 믿은 적은 한 번도 없었다. 그렇다고 그 모든 일을 자신이 일부러 초래했다는 것도 믿기 어려웠다.

아니면 무의식이 한 일일지도 몰랐다.

아니면 도플갱어가 한 일일지도.

하지만 벌을 받고 싶지 않았다면 왜 엄마에게 가운뎃손가락을 올려 보였겠는가? 그러나 엄마는 데이비드에게 벌을 주지 않았다. 그래서 데이비드는 계속해서 자신에게 벌을 주어야 했다.

결국에는 펠리시아 베이필드 할머니에게 사과만 하면 끝나는 일이었다는 것을 데이비드는 깨달았다. 자신의 무의식이, 또는 도플갱어가 할머니에게 사과를 하도록 만들기 위해 계속 일들이 일어나게 한 것이었다. 결국 바지를 충분히 꽉 묶지 않는 일이 일어나고 나서야 사과를 하러 갔다. 데이비드는 할머니에게 사과를 하러 달려갔고, 그 이후로는 저주가 발동하지 않았다.

아니면 반대로 베이필드 할머니의 말이 틀렸고, 그는 여전히 저주를 받고 있을 수도 있었다. 아니면 인생이라는 것이 원래 그런 것일 수도 있었다. 어쩌면 모두가 어떤 식으로든 저주를 받고 있을지도 모른다. 데이비드는 래리하고 모가 자신들도 가끔 저주를 받고 있는 기분이 든다고 말한 것을 기억했다. 누구나 가끔 개똥을 밟는다.

베이필드 할머니가 전에 이와 비슷한 말을 했다. '우리는 누구나 자신이 아주 중요하고 품위 있는 사람이라고 착각하고, 또 그렇게 행동하지. 의사입네, 변호사입네, 예술가입네 하면서 말이야. 하지만 사실 우리는 모두 알고 있어. 어느 순간에라도 바지가 벗겨질 수 있다는 것을.'

종이 울렸다. 데이비드는 수학 수업을 마치고 나와, 책을 사물함에 넣고, 쉬는 시간을 보내러 밖으로 나갔다.

로저와 스콧은 더 이상 데이비드를 괴롭히지 않았지만, 데이비드는 그들이 다가오는 것을 보자 몸이 긴장되는 것을 느꼈다. 스콧은 팔로 진저의 어깨를 감싸고 있었다.

모든 사람이 저주 받은 건 아니야, 하고 데이비드는 생각했다. 스콧 심슨은 전혀 저주 받은 것 같아 보이지 않았다. 그는 원하는 것은 뭐든 가졌다. 인기도 있었다. 성적도 모두 A였다. 운동도 잘했다. 잘생겼다. 불공평해 보였다.

스콧은 예전 단짝 친구에게 눈길 한번 주지 않고 지나갔다.

하지만 스콧 심슨은 시인의 영혼을 가지고 있지 않다고 데이비드는 생각했다.

데이비드는 지퍼가 잠겨 있는지 확인한 다음 친구들을 만나러 밖으로 나갔다.


토리가 말했다.

"데이비드가 나한테 뭘 줬는지 아니? 기술 시간에 만들었대."

모가 소리쳤다.

"사과 모양의 치즈용 도마!"

살짝 기분이 상한 토리가 말했다.

"사과 모양 치즈 도마 아니거든. 하트야!"

모가 무척 잽싸게 말했다.

"오, 어, 맞아. 하트야. 내가 왜 사과라고 말했는지 모르겠네."

래리가 말했다.

"나는 사과 모양에 가깝다고 생각해. 여기 미국에서 볼 수 있는 사과 말고, 내가 잠비아에 살았을 때 본 사과처럼 생겼어."

150년 후……

## 36

할리가 말했다.

"저기 찌질이 온다!"

할리의 친구들이 깔깔 웃었다.

윌리는 그들을 무시하려고 애썼다.

할리가 다시 말했다.

"왜 그래, 찌질이? 속옷이 너무 꼭 껴?"

할리의 친구들이 다시 깔깔 웃었고, 여자아이 두 명도 함께 웃었다.

윌리는 얼굴이 빨개졌다. 그나마 마리아의 웃음소리는 들리지 않았다. 마리아가 웃었다면 윌리는 바로 알았을 것이다. 웃음소리가 거의 음악 같으니까.

포 선생님이 말했다.

"꽥꽥대지 말렴. 여기는 박물관이지 꽥꽥 공장이 아니야."

아이들이 모두 입을 다물었다. 아이들은 현장 학습 중이었다. 날짜는 2139년 3월 15일이었다. 내일은 데이비드 밸린저의 탄생일이기 때문에 학교가 쉬는 날이었다.

"야, 찌질이!"

윌리는 뒤를 돌아보았다. 퀜틴이 가운뎃손가락을 올려 보이고 있었다. 윌리는 눈길을 돌려 복도 끝에 있는 그림에 정신을 집중했다. 머리에 양동이를 뒤집어쓴 남자 그림이었다.

아이들은 그 그림을 보고는 한꺼번에 웃음을 터뜨렸다. 누군가가 말했다.

"완전 찌질이네!"

퀜틴이 말했다.

"윌리한테 양동이 갖다줘야겠다! 진짜 못생겼네!"

윌리는 베이필드관으로 들어갔다.

윌리는 벽에 걸린 얼굴들을 보았다. 가면을 하나하나 지나, 이윽고 데이비드 밸린저의 얼굴 앞에 다다랐다. 그는 멈춰 서서 그 얼굴을 가만히 살펴보았다.

윌리는 생각했다.

'당신을 찌질이라고 부른 사람은 한 명도 없었겠죠.'

반 아이들이 각자 유명한 연설을 하나씩 외우는 과제가 있었다. 그때 윌리는 밸린저의 모스크바 연설을 선택했다. 윌리는 모든 아이들 앞에서 연설을 암송했을 때, 자신이 얼마나 중요한 사람이 된 것 같은 기분이 들었는지를 아직도 기억하고 있었다. 밸린저를 유명하게 만든 품위와 우아함으로 연설을 했을 때, 자기를 바라보는 마리아의 눈이 반짝이는 것 같았다.

마리아가 다가와 옆에 섰을 때, 윌리는 여전히 데이비드 밸린저의 가면 앞에 서 있었다. 윌리는 마리아를 바라보는 것조차 겁이 났다. 심장이 어찌나 요란한 소리를 내며 뛰던지 그 소리가 마리아에게 들릴까 봐 두려울 정도였다. 윌리는 전시된 작품 앞에 길게 놓인 나무 봉을 손으로 잡았다.

윌리와 마리아는 몇 분 동안 아무 말도 하지 않고 나란히 서서 데이비드 밸린저의 얼굴을 물끄러미 보았다.

마리아가 다른 데로 가려고 했다.

"잘 지내니, 마리아?"

윌리는 그렇게 말하고는 얼굴을 붉혔다.

너무나 멍청했다. '잘 지내니?'는 마리아가 떠나려고 할 때가 아니라 처음에 왔을 때 했어야 하는 말이었다! 누군가가 떠날 때는 '잘 가.'라고 인사해야 하는데, '잘 지내니?'라는 인사를 하기도 전에 '잘 가.'라고 말할 수는 없었다.

'나는 완전히 찌질이야!'

마리아가 대꾸했다.

"잘 지내니, 윌리?"

윌리는 전시실을 나가는 마리아의 통통 튀는 갈색 포니테일을 가만히 지켜보았다. 그리고 속삭였다.

"잘 가."

윌리는 다시 데이비드 밸린저의 가면을 올려다보았다.

'제가 당신하고 조금만 더 비슷해도 참 좋을 텐데요.'

이 책을 쓴 루이스 새커(Louis Sachar)는 미국 청소년·어린이 문학계에서 가장 인기 있는 작가 가운데 한 사람이다.《구덩이(Holes)》로 1999년에 어린이 책의 최고 영예인 뉴베리상을 받기도 했다. 루이스 새커의 가장 큰 장점은 기발한 상상력과 건조한 듯하면서도 따스함이 느껴지는 유머이다. 〈빨간머리 마빈 시리즈〉를 비롯해 우리나라에 소개된 여러 작품에서 우리는 고정 관념을 유쾌하게 파괴하고, 상상력으로 상식을 뒤집고, 재미있는 유머를 통해 삶에서 중요한 덕목을 생각하게 만드는 새커의 매력을 볼 수 있다.

《The Boy 얼굴을 잃어버린 소년》에서 새커는 특유의 기발

한 상상력과 유쾌한 필체로 청소년기의 우정과 친구 그리고 이른바 '또래 압력'이라는 문제에 대해 이야기한다.

청소년기는 가족이라는 범위를 넘어서 사회적 관계를 만들어 가는 시기이다. 이 시기에 또래 친구들은 무척 중요하다. 10대 청소년은 친구들과 몰려다니기를 좋아하는데 그 때문에 종종 무리를 지어 이동하는 습성을 보이는 나그네쥐에 비유되기도 한다. 그런데 많은 청소년들이 알게 모르게 친구들에게서 심리적 압박을 받는다. 이런 압박의 가장 단순한 형태로 친구들이 입고 다니는 옷을 입어야 한다거나 친구들이 쓰는 말투를 써야 하는 것 등을 들 수 있다.

이렇게 청소년들이 또래 집단에서 느끼는 사회적 압박감을 '또래 압력'이라고 한다. 또래 압력의 밑바탕에는 또래 집단에 잘 적응하지 못하면 친구들에게 따돌림을 당하거나 무시당할 것 같은 두려움이 깔려 있다. 그래서 청소년들은 때때로 친구들과의 관계 때문에 자신의 생각이나 바람에 어긋나는 나쁜 행동에 빠져들기도 한다. 그러나 최근의 여러 심리학적 연구들은 또래 압력이 서로에게 도움이 되는 사회적 행동을 하도록 서로를 격려하는 긍정적 기능에 주목하고 있다. 예를 들어, 가깝게 지내는 친구들이 공부나 운동을 잘하는 모습을 보면서 공부나 운동을 더 열심히 해야겠다는 동기를 얻을 수도 있다.

《The Boy 얼굴을 잃어버린 소년》은 또래 압력에 대한 위와 같은 딱딱한 이야기를 쉽고 재미있고 흥미진진하게 풀어 놓은 작품이다.

주인공 데이비드는 또래 압력을 느끼며 동네 할머니의 지팡이를 훔치는 일에 휩쓸린다. 그 와중에 할머니에게 가운뎃손가락을 올리는 못된 행동을 하기도 한다. 하지만 자신의 행동에 대해 계속 양심의 가책을 느낀다. 또래 압력과 도덕 사이에서 방황하고 갈등한다. 데이비드의 이야기에는 또래 압력의 부정적인 모습과 긍정적인 모습이 모두 담겨 있다. 데이비드와 스콧의 관계가 부정적인 또래 압력을 대표한다면, 데이비드와 래리 그리고 모의 관계는 긍정적인 또래 압력을 보여 준다. 데이비드가 동네 할머니의 '저주' 미스터리를 풀어 가는 과정을 통해 우리는 또래 압력을 이겨 내고 자신의 정체성을 확립해 가는 밝고 건전하고 유쾌한 소년의 모습을 볼 수 있다.

　루이스 새커는 또래 압력과 우정의 문제를 '얼굴'이라는 키워드로 풀어 간다. 청소년기는 어찌 보면, 가족보다 더 큰 집단인 사회에서 자신의 얼굴을 가꾸고 알리는 시기라고 할 수 있다. 그리고 청소년기의 갈등은 어떤 얼굴이 되어야 한다는 압박 속에서 자신만의 고유한 얼굴을 만들어 가는 과정이라고 할 수도 있다. 데이비드에게 얼굴은 자존심이고 양심이고 정체성이다. 마지막으로, '사람은 죽으면 이름을 남기고 범(호랑이)는 죽으면 가죽을 남긴다.'라는 말이 있는데, 이 작품을 읽고 나면 '사람은 죽어서 얼굴을 남긴다.'라는 생각이 들지도 모르겠다.

## 글 루이스 새커

1954년 미국 뉴욕에서 태어났습니다. 고등학생 때 《호밀밭의 파수꾼》으로 유명한 J.D. 샐린저와 《제5도살장》의 작가 커트 보네거트를 알게 되면서 문학의 매력에 빠져들었습니다. 1978년 초등학교 보조 교사로 일했던 경험이 바탕이 된 《웨이싸이드 학교 별난 아이들》을 발표하면서 작가로 데뷔했습니다. 1980년 로스쿨을 졸업한 뒤 변호사 겸 작가로 일하다가, 독자들의 뜨거운 호응 덕에 1989년부터 전업 작가의 길을 걷고 있습니다.
대표작으로 1999년 뉴베리 상을 수상한 《구덩이》, 《작은 발걸음》, 《섬데이》, 《The Boy 얼굴을 잃어버린 소년》, '빨간머리 마빈의 이야기'(8권) 등이 있습니다.


## 옮김 김영선

서울대학교와 미국 코넬대학교에서 영어교육학과 언어학을 공부했습니다. 《무자비한 윌러비 가족》을 우리말로 옮겨 2010년 국제아동도서위원회 어너리스트(IBBY Honor List) 번역 부문에 선정되었습니다.
옮긴 책으로는 《제로니모의 환상 모험》, 《물의 아이들》, 《구덩이》, 《섬데이 someday》, 《The Boy 얼굴을 잃어버린 소년》, 《여자로 변한 거 아니야?》 등이 있습니다.